的
子
去

张麟／著

浙江大学出版社
ZHEJIANG UNIVERSITY PRESS

图书在版编目（CIP）数据

老去的样子 / 张麟著 .— 杭州 : 浙江大学出版社，
2023.1（2024.1重印）

ISBN 978-7-308-23206-7

Ⅰ.①老… Ⅱ.①张… Ⅲ.①散文集—中国—当代
Ⅳ.①I267

中国版本图书馆CIP数据核字（2022）第198657号

老去的样子

张　麟　著

责任编辑	谢　焕	
责任校对	陈　欣	
装帧设计	云水文化	
出版发行	浙江大学出版社	
	（杭州天目山路148号　邮政编码：310007）	
	（网址：http://www.zjupress.com）	
排　　版	浙江大千时代文化传媒有限公司	
印　　刷	杭州钱江彩色印务有限公司	
开　　本	880mm×1230mm　1/32	
印　　张	6.25	
插　　页	4	
字　　数	132千	
版 印 次	2023年1月第1版　2024年1月第2次印刷	
书　　号	ISBN 978-7-308-23206-7	
定　　价	58.00元	

浙江大学出版社市场运营中心联系方式：　（0571）88925591；http://zjdxcbs.tmall.com

致敬"星耀班"——

"青春不是年华，而是心境，是生命的源泉在涌流不息。"

回首向来处（代序）

人生如逆旅，你我皆行人。"回首向来萧瑟处，归去，也无风雨也无晴。"

匆匆几十年，怀揣着向往追求，奔波在或平坦或坎坷的路上，经历过风雨霜雪、丽日晴天，也收获了成功荣耀、挫折伤痛，终于到了退休时节，人生进入可"躺平"的阶段。风轻云淡之际，恰是"回首来处"之时。

老友张麟的这本集子，正是"回首"的结晶。如他所述，闲下来后，"内心深处总会翻出"半个多世纪种种不吐不快的人和事，咀嚼着，思索着，既体悟他人，也检视自己，将种种感慨倾诉于笔端。虽无曲折的情节、炫目的文字、高深的寓意，却在娓娓述说中让你感受到真实，似乎讲的正是你身边的人和事，读来不时会心莞尔。

例如《头儿》一文。文中两位退休老头：辛书记，前厅级高官；大海，原机关司机。前者曾权倾一时，地位显赫；后者则默默平凡，沧海一粟。但在退休后，两人悬殊的地位拉平甚至颠倒了，辛书记认大海为"头儿"。这当然首先是因为辛书记职务没有了，权势归零；但更重要的是他对自我的清醒认知。他说，退休后，大家一样成为"光光溜溜"的老头，"相互没有遮掩，才真实，才回到初始"，再也不用"板起个脸，拿着端着了"。这是彻悟！现代社会，"人人平等"的理念尽人皆知，但现实中这一理念却往往被权势和金钱所碾压。

终有一天，潮水退去，显赫者才发现原来自己不过在"裸泳"，与别人并无人格高下之分。这就是退休后人们往往"返璞归真"的原因所在！当然，你也能看到一些人陶醉于权势的耀眼光环，自以为高人一等，揽功诿过，指斥八方。退休后，光源一断，则不免黯然，心中落差难平。他们只习惯于自己比别人强，不能接受别人比自己强。一不如意，便怨天怨地，愤意满满。

试想，他们若有一点点辛书记那样的坦荡，身心皆回到"初始"，余生当轻松自在许多！退休者的"回归"，更能为职场者借鉴。无论权位多高，学会尊重他人，都是基本的道德修养，也是人生的"大自在"。水深流静，半桶才晃荡。当你炫耀高深博识时，显露的却是浅薄无知；你以为可以收获尊崇，其实不过贻笑人前耳！"骄泄者，人之殃也。"恃才傲物，自以为是，蔑视他人，终会尴尬倒霉。

例如《陌生的灵魂》一文。主角夏重阳，是作者一位富有才情、有追求、有思想的发小，也是曾经意气风发的创业者，但几度坎坷，壮志难酬。精神追求与现实挫折的巨大反差，使他陷入迷惘消沉，以致夫妻反目，家庭失和。作者眼见这一切，评论道："有写这些文字的工夫，何不帮妻子进货，何不料理下摊位，哪怕在家做顿可口的饭菜？"这真是一语道破了要害。人需要仰望星空，更需要脚踏实地。思想再自由，也只能在现实的土地上行走。

现实社会是由亿万个自主能动的人组成的。人们的目标和行动既相依相存，又相阻相逆，最终相互作用，成为著名的"平行四边形"（恩格斯语）。因此，人在社会上受到的限制往往远大于获得的自由。只知在星空遨游，而不低头看路，一定会跌进大坑的。夏重阳正是一个生动的社会缩影。成功的因素有千条万条，失败的理由只需一个——不接地气。以某些理念为圭臬，希望现实符合理念，而全然不考虑理念是否符合实际；只愿活在个人的精神圈子里，而全然不理会时代趋势和人民的要求，不愿意放下身段艰苦努力，一遇挫折就迷惘、颓唐，找不到北。这样的人生，恐怕只能以幽怨告终了。

还有《背负》《聚会那点事》《一起下水》《"老头头"出书记》等，一个个陌生却似曾相识的形象，陌生又熟悉，都能让人感到真切熟悉，进而掩卷沉思。这是作者人生经验的金石之言，虽平易款款，波澜不惊，却能流入你的心里，激起同龄者的回首，思索过往，赢得晚年的"大自在"；也能为后来者鉴，悟透真谛，获得人生的主动。

"以人为镜，可以明得失"，此之谓也。

梁亚莉

（湖北省委财经办、省委农办原巡视员，省政府参事）

2021年6月

写在前面的话

　　20世纪70年代初，W市某著名中学有一个班，当时是市、区、校三级先进班集体，被冠名"星耀班"，像"黄继光班""邱少云班"一样，名满荆楚，教室的荣誉墙上挂满奖状，陈列柜里摆满奖杯。四五十年过去，曾经响当当的名头，却没有换来响当当的人物，"星耀班"没有像当初想象的那么群星绚烂、熠熠生辉。当时老师和家长对学生和孩子未来的预期，说出来连自己都不相信。日后事实证明，对高中生的幻想，从一开始就是一堆灰色粉末，见多识广、看惯风云变幻的老师和家长的预期还真不是可以高调示人的预期。

　　"可以说没有一个人赌对明天，赌对未来。"这句话是时任"星耀班"班主任总结的，成为后来的金句。

　　当然，也没有失望到一片暗淡的地步，无所谓赌对，也无所谓赌错。如果撇去"星耀"光环的包裹，回归到正常视角，"星耀班"班集体里的每一个同学，都按照自己的规划在发展，还是可圈可点、有故事可讲的。细数起来，也是浩瀚星空中或明或暗发着光的星星，又何必强求非要光芒四射。

　　"星耀班"虽已成为历史，但这段历史影响了这个班集体同学的一生。撷取其中有代表性的同学的经历，用写实的方式，以第一人称或第三人称的方式，记录下他们的成长过程，折射这个时代的改革变迁，是这本集子要做的。或许，我们可以称之为"星耀班"人物纪实或人物志吧。

　　同时，这又是一本描述退休生活的短篇集，所以取名为《老去的样子》。这里说的样子不仅仅是指容颜的改变，不光是青丝变白发，挺拔成伛偻，更多的是指一种心态和对精神生活的始终如一的追求吧。

　　人上了年纪，就特别怀旧，退休后没有了工作压力，远离了纷杂的人事旋涡，每天醒来不再掐着时间节奏，不再有习惯的工作场景。工作时盼望快点回归自己向往已久的自由自在生活，可当真回归了，却发现其实这不是自己想要的。究竟想要什么，自己也不清楚，糊涂，迷茫，焦虑，没有着落，悬在那里，感觉日子特别难打发。每天重复这样的日子，必然日久生厌。

　　但也有很多退休的人说：日子好打发呀，眼睛一睁，开始忙早点，忙送孙子上幼儿园、上小学，送完再绕道菜市场，把一天的菜买回来，然后择菜、洗菜，开始为中餐做准备。一圈下来，一天就过去了一半；不用说，另一半不过是这一半的照搬复制。

　　走完白天的流程，晚上静下来，没有剧可追，就会无数次问自己：退休后日子该如何安排、如何打发？这是个很没意思的问题。但是，每每触及内心深处，总会翻出埋藏在内心差不多半个世纪的不能示人而又不吐不快的人和事，思绪就会停留很长时间出不来，这又很有意思。

　　每个人年少时都有一个心愿，或者叫志向，这个心愿或志向是在懵懂时立下的。热血澎湃时许诺下的东西可能会是一时的冲动，可能不明晰，成人以后也可能会更改和调整，但总归是希望自己一生能够做成一件事。可匆匆忙忙四五十年过去了，回头一检查，发现这辈子一丁点儿可以算得上事儿的事情都没有做成，相反，留下的尽是遗憾和不甘。这时，我们往往会把年轻时立下的心愿或志向重新翻出来，神情严肃、像模像样地审视检讨一番，看看究竟实现了多少，有没有做成一件事。还会把这辈子没有做成的事记录下来，然后编出一个大团圆故事，假设自己成功了，哄自己高兴，满足一下貌似不曾虚度的过往，体验似有似无的激情燃烧的岁月。

　　这其实也很好，是对没有完成的一种补救，是一种内心的自我救赎。遵从内心，写，其实就是倾诉。写出来，心就放下了，敞亮了，就很舒服。至于怎么去圆这个"谎"，余生该怎么对过去进行补救，而且补救得尽量完美，这其实不是可以去想的事情了。想有什么用，想也白想，交给下辈子好了。

　　这本集子是想把人性真实善良的一面展现出来，它想说的是：生活中不论富贵贫穷，职务高低，在位或是退休，人的尊严都是平等的，人格都是平等的，应该相互尊重，正像《头儿》一篇里讲述的两个主人公（一个在位时是正厅级高官，一个是专车司机），退休后一起登山的故事一样。这种认识为什么年轻的时候没有，或者说缺乏，而要等到老了才有？如果这种认识从年轻时就开始，从走上社会工作时就开始，并贯穿始终，该有多好。《头儿》一篇所揭示的主题，也是这本集子各篇希望呈现的主题。

集子各篇中都有三两个人物，甚至一人一事，没有复杂的背景和激烈的矛盾冲突，关系简单，情节也简单，就是平铺直叙，尽可能真实可信地去讲一个一个故事。这样做，一是为了迎合老年人的阅读习惯，二是力求为读者提供一个可以比对参照的对象。

上了年纪的人，看电子版的书，眼睛不行；看纸质书，如果文字太长，情节太复杂，也会看得云里雾里而犯晕。

写回忆录、写同学情、写发小、写闺蜜，总之，经历过且发生久远的事情，是退休老人常见的写作题材，这本《老去的样子》也不能免俗，走不出这个套路，只不过是把这些没有新意的东西拼凑到一起，翻看起来方便一点而已。不过，相对一个个单篇让读者劳神费力找来读，这又有一点算不上新意的新意，至少提供了一些方便。

每个人都会老去，其实不等老去，就已经在心里有了设定，会想象自己到时会是个什么样子。有尊严、得体、清爽、利索、心气还在、虎虎生威？抑或老态龙钟、邋里邋遢、苟延残喘？还是别的什么？答案在每个人心中，回不回答它都在那儿明摆着，一定有一个属于自己老去的样子。

某日好友来家，递过一本名为《天黑得很慢》的书，一边问道："几年前你就说，想写一本反映老年退休生活的书，进展如何？"

我回："写好了。著名作家周大新老师嫌天黑得慢，我却觉得天黑得快，他写长篇，我写短篇。笔拙，也就不敢攀比老师。不过坦白说，我是被周老师高调面世的书狠狠推了一把。"

好友说："明知天黑得快，为何不赶在周老师前面把书搞出来？"

我回："天黑得快怎么啦？这样黎明不来得更早吗？夜黑得深沉，翌日才会更加清新湛蓝。"

我是真觉得天黑得很快，写起文章来却很慢，自己只有一副老去的样子。

行了，就此打住。"星耀"不在，历史还在，人还在。

目 录
Contents

头儿

本篇人物：辛书记——原"星耀班"班长，区中学生先进标兵。大海师傅——原"星耀班"学生，班长同桌，校田径队队员，曾打破区中学生田径运动会男子跳远纪录。

题记——两个"头儿"，一个称谓，究竟谁才是"头儿"？

一

自打上了望城坡，退休老司机大海师傅就被辛书记"头儿""头儿"地叫着。开始大海师傅有点发蒙，不知所措，应不是，不应也不是。但听着，听着，感觉不蒙了，觉得顺耳好听起来，他就大大方方应了。

早饭过后，登山组在酒店大堂集合。登山组的人，年纪都在花甲以上，更有七老八十的，一个个身着户外登山行头，清一色名牌，红的、绿的、迷彩的，五彩斑斓，艳丽晃眼得很。一个个看上去精神都很抖擞，但行动却很迟缓。

离出发时间还有五分钟，辛书记扯起洪钟般的嗓子："头儿，头儿！"一副早年驻队时禾场上派活的架势，不怒自威，完全是二十出头年纪的情景再现。可以想象，那时就已经预示出他日后人生平步青云的大走势。

就是这一嗓子，在嘈杂的酒店大堂，震荡出来的回音蔓延开来，形成了无比的穿透力。

大海师傅从电梯间冲出来："来了，来了，我掐着时间呢。"大海师傅戴着一顶遮阳帽，手里还拿着一顶，另一只手拿着昨天从山上砍下的树枝做成的拐杖。大海师傅把遮阳帽和拐杖递给辛书记，说道："书记，您带上，没有这玩意儿可不行。"

其实辛书记才是"头儿"。即使现在辛书记和蔼可亲地管大海师傅叫"头儿"，大海师傅却没有胆量去应承，更不用说胆大到当着书记面自称"头儿"。这个称呼分量太沉，大海师傅根本接不住。

大海师傅以前真把辛书记叫"头儿"，那还是以前上班时背地里和一帮小司机干的事。那帮小司机没规没矩，油腔滑调，当领导开会的时候，他们聚一起就胡乱叫开来。这头儿，那头儿，还有叫"老板"，叫"老大"，叫"一把毛"的。大海师傅是司机班长，又是他们的师父，当然不会跟着徒弟瞎起哄，只是站一边心里面这么叫着。

大海师傅心里明白，自己名字叫大海，但其实哪里是什么大海，不过就是没波没澜的小溪小河而已，是一潭死水臭水，是大海里一条冒泡的咸鱼。人家管你叫"司长"，那是在揶揄你。人家辛书记才配得上这种称呼呢，他才是大海里面乘风破浪、高傲尊贵的大白鲨，才是地级市机关里位高权重的一把手，名副其实的正厅级领导。

然而，自从辛书记"头儿""头儿"这么叫着，已经昏了头的大海师傅膨胀开来。这一刻，他完全忘记了自己叫大海，忘记自己是咸鱼，而是把自己当成了大白鲨，当成了"头儿"。当一个人忘记了自己的身份，转变角色时，胆子会特别大。他也想体验体验那种威风，会不会也是排山倒海势不可挡？是不是可以不逊辛书记？

大海师傅取下头上的遮阳帽，在头顶上晃了几下，憋足了气力喊道："跟我走，向笔架山出发。"大海这么一咋呼，就露了馅，与辛书记年轻时禾场的那一嗓子比起来，形似，但神却差了不是一点半点。完全没有底气，怒而不威，缺的是震慑力，缺的是从骨子里散发出来的气场。跟个举着小黄旗、身着黄马甲、哄着一群老小孩玩耍的蹩脚小导游一样。

一个四十年为官，一个四十年手抓方向盘，职业生涯造就出的气质，营造出的气场能一样吗？

笔架山离驻地有十多里地，有个五百多米的陡坡需要攀爬才能上去，这对一群平均年龄六十五的老头老太来说，是不小的挑战。大海师傅走在头里，不时挥动遮阳帽，喊着"加油、加油，注意安全"。

爬到一半的时候，全体休息。

大海师傅紧靠辛书记坐着。在他记忆中，中学毕业后跟辛书记挨这样近，可以听到呼吸声、嗅到汗渍味，这还是学校毕业后的第一次。大海师傅习惯性地给辛书记递过一瓶矿泉水。辛书记用手隔了下，从包里掏出保温杯，喝了口滚烫的长阳富硒水。然后摸出支烟。大海师傅伸手去夺："书记不要命了，树林里一地干枯树叶，见火就着。"辛书记还是用手隔了下，把烟藏到身后："当我是老糊涂啊，我这是瘾上来闻下子，过个干瘾。"

继续向上攀爬，坡越来越陡，大海师傅忙前忙后，呼哧呼哧地叫着喊着。带领、指挥、"呵斥"着一帮同龄却不同级别的领导，甚至领导的领导。对于大海师傅来说这是平生第一次，有种从此挺胸站立起来的感觉。"正所谓天宽地阔，风水轮流转，我大海也可以在一群人面前耀武扬威、人五人六地由着性子了。"大海师傅正心里滋润着，沉浸在得意和飘飘然之中，却低下头看到有个东西在枯叶下面蠕动，他本能地缩了下脚，脚一打滑，遮阳帽刚好被树枝刮掉。他用手去够树枝没够着，整个人随帽子滚了下去。

辛书记喊了声："赶快救人！"

大海师傅急速往山下滚，好在半路上他用脚勾住了一根树干，总算停了下来。他痛苦地蜷缩在地上，意识还很清醒。他试着看能不能站起来，却感到头发沉，因为滚下时撞在了树上，一条腿还好，不疼，另一条腿却挪不动了。

辛书记把人招呼过来，对大伙说："不要动大海师傅，赶快扎个担架，立即行动。"于是有的人砍树枝，有的人脱衣服，有的甚至脱掉了长裤，他们用衣服、长裤绑在两根粗树枝上，一个简易担架就扎好了。然后他们把大海师傅轻轻放上去。六个老头，一边三个，把大海师傅高高举起，一步一步挪动着朝山下走去。

六个老头光着上身，皮肤松松垮垮，随着粗重的"嘿喔呀喔"的喘息声，吃力却坚定地把大海师傅抬到了公路旁。

好在无大碍，经过医护人员的治疗，大海师傅的头已经不蒙了，腿也没伤到骨头，只是扭得比较厉害，有瘀紫，随队医生做了处理，静养几天就没事了。

二

大海师傅困在房间里，躺在床上哪儿也去不了。辛书记这段时间还和往常一样，一大早来一套陈氏二十四式太极拳后去吃早饭。有所不同的是，早饭过后，不散步，也不去玩双升。缺了大海师傅，辛书记也不去爬山了，而是到大海师傅的房间里，陪他斗地主。

"头儿，我不用陪，您还是散步、爬山去。"这是大海师傅第一次当着辛书记面这么叫，这声"头儿"叫得自然顺溜，一点不别扭，不做作，发自内心。叫完后，大海师傅心头发热，喉咙跟火烧似的，干渴，灼烫。接着，又觉得有种浑身被塑料布包裹得透不过气来，然后布突然被扯开后的通透，有种从小到大从没体验过的敞亮，这些感觉一下全部释放开来，灼烫、通透、敞亮，相互交织着。

辛书记说："你刚才叫我什么，是不是叫我头儿？我现在不是头儿了，什么也不是。你才是头儿，快些好，还等你带我们登笔架山呢。"

牌局开始。"头儿"（大海师傅）抓到一副好牌，大王，带三个2，这理所当然是做地主的牌，他窃喜，不露声色地合上牌，闭眼等待上家放弃当地主。上家一把臭牌，当然放弃。"头儿"翻开底牌，惊呆了，三张牌里，居然是一张小王一张 2，和手里的牌合到一起，这可是天牌，是王炸呢。斗了十几年地主，还从未见过这样一副牌。片刻窃喜过后，他突然用手捂住脑门，说自己有点晕眩，想休息下，不玩了，说完把牌甩在桌上。

坐在下家的辛书记哈哈大笑起来："你以为手抓'天牌''王炸'就能赢，知不知道我手起四个'赖子'。"说完抓起桌上的牌和自己手上牌合在一起，洗散打乱。

"头儿"想看看辛书记那副牌，究竟有没有四个"赖子"，辛书记不让看。"头儿"说："头儿，真有四个'赖子'，没骗我？"辛书记说："头儿，你说头晕，没骗我？"

"头儿，骗你是爬爬，我是真晕。"

"头儿，骗你是王八，我是真有四个'赖子'。"

"天牌""王炸"确实厉害，是一副牌局里的老大，握在手里，就可以称王称霸，随时让对手俯首称臣。但也有不足，它在明里，对手会高度提防，会被联合起来对抗，而且它灵活性不够，拆分开来，威力大减。而手握四个"赖子"则情况大为不同，就具备了挑战"王炸"的实力。单独一个"赖子"什么也不是，其威力在于它可以和除大小王以外的任何一张牌配对，形成无限个组合，从而产生无限大的杀伤力。更重要的是，它不显山不露水，卑微低调到让高傲的"王炸"根本不屑它的存在。正如此，出其不意，让对手永远捉摸不透的变幻莫测才是令"王炸"不得不忌惮的地方。

看破不点破，点破不撕破。人与人交往，需要信任，需要宽容。信任是基于对对方的一种了解，宽容则是做人的一种品质。彼此能看透对方心思，需要融合，需要彼此尊重，这只有在人格上达到平起平坐时才能做到。

辛书记为官四十年，什么人没见过？什么事没经历过？辛书记把牌推到一边，抿了一口滚烫的清江富硒水，说道："大海师傅，在职时我不敢说，也做不到和下属真正平等，包括我们常说的人格、尊严。退休了，重回原来的地方，安静下来，不再喧嚣，不再西装革履，就像把你抬下山时的那群老头，一个个光光溜溜，再不用像为官时那样板起个脸，屎盆一样拿着、端着。现在好了，和你一样，该吃吃，该喝喝，打麻将，斗地主，旅游，健身，唱歌，活一个自在。"

辛书记又抿了口富硒水："是不是这个理？脱光了互相看得见对方，没有遮掩，才真实，才回到初始。"

"头儿"说："那不就是裸奔？"

辛书记说："对呀，就是裸奔，人与人之间情感交流的裸奔。"

"头儿"被彻底征服了："你才是头儿。"

辛书记习惯性地动了下茶杯："你才是头儿。"

到底谁是"头儿"？

辛书记对"头儿"说："我们现在就来个约定，从今往后，谁身体健康谁就是头儿。不用推举，不用民意测验，不搞差额选举那一套，没有任期，以健康为标准，你说怎么样？"

"头儿"心想，头儿就是头儿，说话标准官样，却没有一点官味、官腔，真是个有水平的头儿。

不久，"头儿"脚脖处瘀紫消散，已经行走自如，恢复如初。他想到的第一件事，就是陪辛书记登笔架山。为此，他专门把上次给辛书记的拐杖要了回来，用砂纸反复打磨，直到光光溜溜为止。同时，又用树枝做了五根拐杖，同样打磨得光光溜溜，这是为上次"嘿嗬呀嗬"冒死抬自己下山的另外五个赤膊老人准备的。然后，他又把几根彩色箱包带连接起来，在每隔两米的地方打个牢牢的生死扣。"头儿"为了完成登笔架山这一壮举，也为了实现辛书记的心愿，必须要做到万无一失、百分之百的安全。"头儿"心里明白，对于一群老年人来说，登山过程中的任何闪失，都是会出人命的。

一切准备妥当，"头儿"还不放心，又逐一把箱包带的每个生死扣都死命拽几下，拽到手疼；把一根根拐杖朝地上狠狠戳几下，戳得地板起印，确认牢固结实才踏实。

"头儿"把这次登顶笔架山看得很重，从策划到实施都是自己一手操办，在他看来，这是这辈子干的最重要、最了不起的一件事。"头儿"这辈子都是被人家安排，被人家调遣，让他等就等，让他走就走，公务出车不用说，即使是他的私家用车，线路也是事先设计好的，由不得性子，不允许自作主张。

一想到马上要实施登山计划，他不禁血脉偾张，跟打了鸡血似的，兴奋劲儿压都压不住。还没有登上笔架山，他已经满是成就感，开始幻想着给自己发奖状，戴大红花，发表获奖感言的场景。极度亢奋中，登山的前一天晚上，"头儿"失眠了。

三

一早起来，眼里带着血丝，"头儿"不再像上次那样慌慌张张、掐着时间冲出电梯间，而是早早来到酒店大堂，把打了死扣成圈的箱包带和六根拐杖整齐摆放好，等待辛书记一行人到来。"头儿"可不想扮演上次那个没有底气、找不着派头、跟举着小黄旗哄着老小孩玩似的蹩脚小导游的角色，而是要像真领队，像真正的"头儿"一样，搞出气势，要有仪式感，要像攀登珠穆朗玛峰的勇士壮行时宣誓般放出豪言，要地动山摇。

"头儿"还在心里默默酝酿着出发前的豪言，却因为辛书记到来时手里的那根拐杖，把憋了半天想到的本来就毫无张力、一点也不澎湃的几个不着调的句子搞得支离破碎。

辛书记手里的拐杖看上去和"头儿"做的拐杖并没有什么区别，只是材质不同。"头儿"不解道："头儿，你又拿拐杖做什么，不是给你准备好了吗？"

辛书记："头儿，此拐杖非彼拐杖，你那是实心的树枝杆杆，我这是竹子的。"

"头儿"："竹子的怎么啦？"

辛书记："这你就不知道了，一会儿上山讲给你听。"

"竹子的怎么啦？""头儿"还在想这个问题。看着辛书记摆弄着竹拐杖，把自己为他准备的打磨得光光溜溜的树枝拐杖扔在了一边，但他并没有责怪辛书记不领情。

　　山路崎岖陡峭，开始时"头儿"走在队伍前头，腰里拴着彩色箱包带，后面的人抓住箱包带的扣，一个扣一个人，一字排开向上攀登。当攀爬到被茂密的青绿草丛和枯枝树叶覆盖得辨认不出的小道的时候，辛书记换到前头，"头儿"退了下来。他本想退到队伍最后面去，却被辛书记叫住了："头儿，不要退了，在我身后，紧挨着。""头儿"便老老实实跟在辛书记身后，紧挨着。

　　辛书记用竹拐杖在青绿草丛和枯枝树叶覆盖的小道上左右扫动，还不时拨开挡路的枝蔓藤条。"头儿"死死盯住竹拐杖，想看看它和自己用树枝做的拐杖究竟有什么不一样。辛书记知道身后的"头儿"在想什么，但"头儿"不问，辛书记也就不去点穿了。

　　但最后"头儿"终于忍不住开口问起来，辛书记这才说道："要论清扫青绿草丛，拨开枝蔓藤条，竹的和树枝没什么区别；它们的区别在于，竹的能赶走草丛里面的蛇。"

　　"赶蛇？""头儿"不明白了，竹的可以，树枝为什么不可以？

　　"竹子是空心的，舞动时会发出'呜呜'的哨子声，蛇听到这个声音就会溜走；树枝是实心的，发不出'呜呜'的哨子声，这就是最大的不同，这个声音人耳是分辨不出来的。"

　　听他这么一解释，"头儿"感觉自己什么都不懂。爬山不慎跌倒摔下，是会要命的；不小心让毒蛇咬到，也是会要命的。高山静静立在那儿，绿树掩映，美丽静谧，欣赏一下可以，去征服才知道不容易。整个攀登过程充满惊险，潜伏着不可预测的危机，想到这些，"头儿"着实心惊了一下。

一路穿过草丛茂密地带，真就没有遇到蛇，也没有被蜘蛛、蝎子等剧毒家伙叮咬，"头儿"服了辛书记的厉害：书记就是书记，就是棋高一着，书记说有用就是有用。"头儿"怪自己孤陋寡闻，什么也不懂，连话也不会说，狗肉上不了正席。

"头儿"没力气了，急促地喘着，自己想休息也想让大家跟着休息，就对辛书记说："头儿，爬一半了，前面林子里有家农户，进去歇歇。"

其实，"头儿"带队登笔架山之前，独自探路上过笔架山一次，知道半山腰密林里住着一户老农，他还专门去过农户家。大山里的人淳朴好客，那次去，男主人正喝着早酒，见来了人，跳过门槛，又是递烟，又是看茶，还非让"头儿"跟着一起喝早酒。

这回，一行人来到农户家，男主人还像先前对待"头儿"一样，热情招待他们，搬出小方桌、小竹椅，然后围桌逐一看茶。

正喝着茶，喘着气，"头儿"无意间看到伙房屋檐下、柴垛旁有根细竹子，就走过去拿起一看，是根拐杖。"头儿"顺着拐杖从下到上摸过去，摸到手柄的地方，愣住了。再细摸，有个把儿，"头儿"不敢用力，轻轻擦拭，去掉泥土和霉点，露出一个乌龟头来。"头儿"大喜过望，料定是个好东西，赶紧放到水池子里清洗。再看，是个规规整整的竹拐杖，上下一般粗，长短正合适，竹节打磨得光光溜溜，手柄下方居然清晰刻着"龟寿延年"四个字。最精彩的地方是手柄，是个头微微昂着、活灵活现、生动传神的龟。更为难得的是，这个龟不是镶嵌上去的，而是竹根自然挤压成团状，然后精心雕刻而成。整个龟柄竹拐杖天然而成，除了那四个字全然没有人工雕琢的痕迹。这根龟柄竹拐杖比起辛书记那根来，不知好到哪去了，简直就是件艺术品。

这真是大山深处有宝藏，是个老物件宝贝。"头儿"像是中了彩票、掏到金子般，大气不敢喘，暗自兴奋，趁男主人进屋倒水的机会，跟了进去。

指着心爱物，"头儿"对男主人说："送我？"

男主人操着低沉的鄂西南口音："要不得！"

"怎么要不得？脏兮兮的，不过是根放在伙房屋檐下的竹棍棍，还不当劈柴烧掉？"

"我说要不得，就要不得！郎个祖上传下来滴，传几代了，留给孙娃儿，孙孙娃儿滴。"

男主人有点生气，接着说："烧掉，烧掉，放在伙房屋檐下就会当劈柴烧掉呀？你郎个晓得个东南屁。"

"头儿"知道自己的话惹男主人不高兴了，用手掌嘴："不烧，不烧。留给孙娃儿，留给孙孙娃儿。"

但他太喜欢这件宝贝了，便打出金钱牌，用钱开道："五十块？"

"要不得。"

"一百？"

"要不得，不是郎个钱的事。"

"一口价，二百成交。""头儿"强打恶要，横蛮不讲理。

要不说山里人淳朴，男主人见"头儿"心诚，真喜欢，口气软下来："你们城里人来趟山里不容易哈，郎个竹根根漫山坡坡都是，不是么事稀罕物，再做一根就是滴，郎个算送你哈。"

"要不得，要不得，哪能白拿，二百块一定要收下哈。""头儿"抢走人家心爱之物，还要学个舌，卖个乖。学舌又学不像，把鄂西南口音拐到川调调上去了。

这农家的龟柄竹拐杖让"头儿"想到辛书记的那柄竹拐杖。同为竹子而成，绝非巧合，说明辛书记的想法不是凭空想出来的，一定来自生活。"头儿"进一步联想到，原来辛书记能够官场上运筹帷幄，指挥千军万马，无疑一切都源自曾经在最底层的一点一滴的努力。注重细节，从细微的地方做起，才能有日后的大视野、大格局。成功的道路是靠勤奋铺出来的。

辛书记叫过"头儿"，塞给他二百元，说："看到主人家的小孙孙没，给送过去。"

"为什么呀？"

"习俗。第一次到人家家里，见到孙子辈不得给个红包？亏你也是当爷爷的人。"

"武汉有这个习俗，鄂西南不兴这个。"

"那你就按武汉习俗，兴一下。有一种习俗叫约定俗成，是个规矩，这种习俗具有普适性，即使主人家小孙孙不在，主人客气招待你，得感谢，得还个情吧。"

"头儿"明白了个大概，不情愿地接过钱。

情也还了，宝物也得到了，"头儿"带领队伍继续向上攀爬。"头儿"手里多出个物件，他死死护住龟柄竹拐杖，硬是舍不得往地上戳，恨不得给龟柄竹拐杖做个套子。

经过两个多小时艰苦攀爬，他率领一行人终于登上笔架山。一览众山小，迎面吹来清新湿润的山风，"头儿"感到有种完成壮举后，心头涌出的认同感和成就感，一生都没有过的体验，他在笔架山山顶找到了。

四

此刻，"头儿"想面对群山大声呼喊，又想找人倾诉，痛痛快快发泄一下。看到一行人或坐或卧，唯独辛书记一个人挂着拐杖站立在山坡坡边，凝神远眺，"头儿"感受到辛书记身体里爆发出的力量，里面包含着坚毅、坚韧、坚持，还有博大和睿智。"头儿"不由自主站到了辛书记身旁。

辛书记把手搭在"头儿"肩上："大海师傅，不，头儿，坐。我知道你有话想说，我也有话想说。"

"你知道我儿时的理想吗？"辛书记问"头儿"。

"不知道。"

"那我说来你听。"辛书记还没说，"头儿"已经感受到他内心涌动着的波澜和对过往沧桑的深情眷念，好似喷涌而出的高压水柱，扑面而来。

"我是大山的儿子，小时生活在大山里，登山爬高跟一日三餐一样。我二叔在省城一所中学当副校长，那个年代不兴考试，我就寄读在我二叔的学校。初到省城，第一次看到汽车，听到'嘀嘀叭叭'的声音，闻到醇厚的汽油味，兴奋得不得了。就想这辈子能够驾驶汽车多好，当司机就是那时的理想。我学习成绩很好，再有我二叔这层关系，上了高中，也就是后来的'星耀班'，还有幸当了班长，我们就在一起，成了同学。

"一次在长江边看到长龙般的火车'呜呜'通过长江大桥，我就改了理想，想着今后一定要当个火车司机。树立这个理想后，我不再觉得这个理想只是好玩，而是把它当成了人生的一个目标。当时想法很简单，火车永远沿着铁轨走，道路笔直，目的明确，心无旁骛，始终朝着一个既定方向。相比汽车司机来说，火车是个巨无霸，驾驶起来更加威风，更加不可阻挡，而且可以跑得更远，从而实现更加单纯而又更加独立的自由。"

"后来怎么当官了？"

"高中毕业回到家乡务农，恢复高考后有幸考上了大学，大学毕业后分配进了机关，以为有更宏大的理想可以替代开火车，也就把原来的理想抛到了脑后，忘得一干二净。

"再一步步官至地级市的一把手，稀里糊涂成了领导干部。其实说起当初的理想，与后来为官也有相同之处，火车跑得快全靠车头带，我这个一把手不就是个驾车看道领路的司机嘛，带领全市人民共同奔向幸福的地方。这样一想，也就释然了。然后又调回省城，当了厅长，这不，我们又成了同事。只是万万没有想到，安排你给我当了专车司机。"

笔架山的山顶风轻云淡，辛书记叙述着一辈子的奋斗经历，的确表现出风轻云淡，而此刻"头儿"心里却不是风轻云淡，而是风起云涌。

回想自己过往的那些经历，"头儿"感到单调、无趣，开了四十多年的车，没干过别的事，一辈子像白开水，寡淡无味。现在想装出深沉的样子，都不像那么回事。

深沉是由丰富的阅历堆积起来的，要是能够装得出来，在"头儿"被辛书记深深感染、重重撞击的时候，必然喷薄而出，还会发什么呆，装什么愣？"头儿"明白过来，自己内心的风起云涌都是被辛书记撩拨起来的，但又全不是辛书记的那个味儿。这不仅仅是因为自己口拙，也不能全归结为性格问题。

此时，辛书记以为自己的深情流露会引来"头儿"的无限感慨，从而感叹抒发些什么。他等待着"头儿"的激情四射和慷慨陈词。结果"头儿"却一声不吭。

停了一会，辛书记说，那我再跟你讲个故事。

"香港回归后，我率一个代表团去香港参加经贸洽谈会。一次饭局，酒过三巡，扯下领带，就不再正襟危坐，八卦起来。一位香港朋友不知怎么说起了时任香港立法委员会主席范徐丽泰来：'范太知性、睿智、优雅、高贵。在座的想知道她年轻时的理想吗？'顿时，在场贵宾鸦雀无声。'我来告诉你们，她的理想是当个开集装箱大货车的司机，理由是：目标明确，任务清晰，心无旁骛，人际关系简单，只管朝着一个既定方向走就可以了，天王老子也管不着。'

"听完八卦，我心想，这也太巧了吧，一个花花世界的官小姐和我这个穷乡僻壤的山里娃，小的时候居然会有一样的梦想，一样的人生定位，这简直太不可思议了。

"制度可以不同，生存环境可以不同，但儿时理想可以相同。范太的故事，是不是八卦，是不是花边新闻，不重要；重要的是，这在现实生活中是真实存在的，因为我就是这样，这明明就是我儿时的写照。我开怀畅饮，完全没有了代表团团长的不苟言笑，最后，西服西裤上满是呕吐物，在一种从未有过的心满意足、畅快淋漓中，昏醉过去。"

"头儿"听完后呆在那里，再也憋不住了，说出压在心头十几年的话来："班长，同事们知道我俩是同学吗？"

"你说呢，除非你说。"

"头儿"脱掉湿透的上衣，赤裸着上身。辛书记也跟着脱掉上衣，赤裸上身。一对"头儿"在笔架山山顶彻底放开，坦诚而立。

曾经"星耀班"的同桌，工作四十年，各走各的道，很像四川鸳鸯火锅，一边麻辣透红，百味杂陈，丰富多彩；另一边清新寡淡，平淡无奇，波澜不惊。而在人生晚年，殊途同归，最终却站在了同一高度。

细想，鸳鸯火锅其实就是一口锅，不过隔了块弯曲的阴阳板而已，拆开隔板，汤汁融合，味道综合，荤的素的还不全烂在了里面，一勺子下去什么没有？

五

"头儿"用上衣反复擦拭了几下龟柄竹拐杖，什么话也没说，极具仪式感地把龟柄竹拐杖递给了辛书记。

辛书记接过龟柄竹拐杖说："还记得我们的约定吗？还是那句话，

从今往后，谁健康谁就是头儿，要比就比这个。"

"头儿"心里想："如果不当官，而是走儿时立下的未来理想的路，辛书记一定会是个技术高超的司机，兴许正开着高铁呢，或许曾经驰骋在 F1 赛道也不是没有可能。

"而我，即使不当职业司机，也做不了官；即使做了官，无论如何也达不到辛书记这样的高度。"

"头儿"心里波涛汹涌，面对辛书记不知该说些什么，只是打心眼里佩服。他在心里默默重复着先前的话：头儿就是头儿，说话带着官样，却没有一点官味、官腔，真是有水平的头儿。不过还加了一句：班长就是班长，老话说，"三岁看大，七岁看老"，这话一点不假。

笔架山巍峨挺立，一对"头儿"敞开胸襟，站在峰顶凝视远方，久久伫立。忆往昔，曾经同桌，风流过后，也是豪情万丈，胸怀天下。此情此景，沉稳坚定，那大气豪迈的劲头，一点不输当年，还是原来"星耀班"的那个味儿。

陌生的灵魂

本篇人物：夏重阳——原"星耀班"团支部书记，校团委副书记，校羽毛球队主力单打，曾获市中学生运动会羽毛球单打冠军。晓惠——原"星耀班"文艺委员，校宣传队舞蹈演员。夏重阳和晓惠是班上唯一一对夫妻。

一

在深圳见到夏重阳和他的妻子晓惠，我们先是在咖啡厅里聊，晚饭过后移到酒店的房间里继续聊。到了转钟，夏重阳没有一点要走的意思，让我重给沏了一杯茶。他的坐姿成了"葛优躺"，用一只脚把另一只脚上的鞋褪掉，再用脚趾头把我穿过的、酒店的纸拖鞋勾过来，不穿进去，而是脚后跟踩在上面。

一旁的晓惠看不下去了，说道："能不能文明点？臭死了。"说完鄙夷地转过身去。夏重阳欠了下身子，发酒疯般吼道："你懂个屁，男人间的谈话！"

不错，男人间掏心窝子的谈话往往在酒气、汗味和脚臭中展开。

夏重阳的情绪完全被点燃了，等不得，有一肚子的话要说，不吐出来会憋死。他想干脆留下过夜不走，晓惠却早已经不耐烦，极力忍着，好言相劝，非让他走。见晓惠气得都快哭出来的样子，我也帮着："不早了，明天有时间再单独聊。"

夏重阳便不再坚持，极不耐烦地起身。"哼"了一声，撩起一脚，不偏不倚，甩出去的拖鞋正好倒扣在长条桌的茶杯上。看着妻子手里提着一大包东西，他也不帮忙搭把手，自顾自地走往前头走。

还好夏重阳没忘在临走前跟我互加了微信。

送走他俩，我回到房间，打开微信，屏幕中跳出刺眼且生僻的"陌魂"两个字，这是夏重阳的微信昵称。我没有见过这个词，赶快上网去搜索，结果没有搜索到，只是看到一本名叫《陌魂》的网络小说，讲述了一个灵异怪谈的荒诞故事。又看到"魂千陌"的词条，解释为，斗破苍穹魂千陌，借尸还魂的意思，完全不搭。然后再去找"陌"字的解释，陌，乡间的小路，"魂"，灵魂，和魂搭配的词组很多，比如，魂牵梦绕、魂飞魄散、魂不守舍等等。但是"陌"和"魂"组合起来是什么意思呢？还是没搞清楚。

赶紧去请教朋友，朋友说何不就从字面去理解，"陌"，作陌生解，"魂"当然是灵魂，合起来就是"陌生的灵魂"。这个解释好，既贴切又符合人物性格，而且避开了那个同名的网络小说，少了抄袭嫌疑。

大约过了半个小时，夏重阳发来微信，这样写的：

当谋生的节奏渐渐缓下来，人的闲暇时光便多了起来。为生计紧揪的心随之松弛，回望过往就填补了日常的忙碌。

我之回忆，绝少愉悦。盖因能捕捉到审美的时刻，极其稀少。所过情景，皆为无趣，从那里面，除了能睨见不去坑蒙拐骗的引导外，几近寡味。由此可察，今之平庸，多有出处，均自往日点点滴滴。发蒙于未发蒙之中，辟出逼仄的一块心间。既无求知兴致，又无开阔视线的搭建，终日无主见，任由官能牵引于昏聩之中。至今，只识由感官供给于脑的人间烟火、花鸟鱼虫。养心否？养了！育出怎样的心？倥偬度日，不得生命要领。呜呼！悲哉！

紧接着又发来一条："这是你发小现今反思的情形。不知昏然，怎得蜕变？老骥志在！回见！"

夏重阳离开酒店不过半个小时，这段时间无论如何写不出这样的文字，一定是事先写好，存在手机里面了。显然最后"发小"那句才是现在写后加上去的。

我想睡觉了，不想费脑子去回复这样沉重，且一句两句又说不清道不明的话题，何况满篇生僻怪字，文不文，白不白的。

躺下但又睡不着，先是去想他们夫妇俩何以当着远道而来朋友的面恶语相向，怒目而视，如仇人一般；后是被夏重阳绕来绕去、半文半白的文字搞得昏头昏脑。很快，晓惠出现在脑海里，就转而想晓惠去了。仿佛活生生一个人在眼前晃动，形象瞬间直观立体起来。

独自一人出差在外，横卧在床，仰望天花板，去想女的比去想男的要丰富美好得多，心情也愉悦得多。这个时候，不管怎么去申辩、洗白，邪恶的想法一定在脑海里闪现过。会自觉不自觉地幻想，意淫一下。

晓惠是我高中同学，那时的她胖乎乎，又白又细腻，大家都叫她瓷娃娃。她有个哥哥在省城当官，官当得很大，无所不能，同学们都很羡慕。20 世纪 80 年代，大量内地怀揣理想的年轻人去了深圳，晓惠也在其中，都以为她是靠哥哥的关系去的，后来才知道，并非如此。

二

我记起好多年前出差到深圳见到晓惠的情景。那时晓惠在深圳这座城市已经生活了十年，见面时，她不再是一个人，而是有了一个家庭，也就是她的先生夏重阳和他们三岁的女儿。让我吃惊的是，这之前我居然一点也不知道夏重阳是晓惠的先生。

不同于晓惠，我与夏重阳多了一层关系，夏重阳和我是发小，是一起在泥巴里长大的，两家大人也是同事、世交。我和夏重阳从小学到高中一直是同班同学，夏重阳始终是学习干部，社会兼职多，行事高调，而我则是默默无闻，被他罩着。高中毕业后，我去农村插队，他则当了兵，分别以后就再没联系。

那次见面，晓惠情绪很低落，她跟我说，当年稀里糊涂辞去内地公职跟先生一起来深圳，在同一家公司做统计工作。没干两年，公司老板卷款去了香港，公司倒闭了，两人一下子没了生活来源，接下来的生活很艰辛。晓惠还说，她先生原来是这家公司的副总经理。

我知道夏重阳话多，习惯唱主角，只是不知道现在的他，还是不是原先的那个样子，但我还是想好在席间把说话的时间尽可能多地留给夏重阳。

夏重阳的话却不多，完全不是从前我熟悉的夏重阳。一眼可以看出，他还没有从原公司老板卷款逃跑，导致他失去工作的梦魇中缓过劲来。他要面对残酷的现实和生活重负，所能做的就是保持沉默，同时他又要尽力维持一个男人的尊严，尤其在发小面前。

夏重阳闭口不谈自己，只谈晓惠。失去工作后，晓惠摆起地摊来，经营低价劣质的童装、童鞋、领带、袜子等。白天进货，晚上摆摊，经常被城管撵得兔子飞。夏重阳说这番话时完全没了男子汉的底气，头也不抬，不知是在怪自己无能，还是心疼妻子，个中滋味只有他自己知道。

再看晓惠，当年胖乎乎、又白又细腻的瓷娃娃脸已不见踪影，她颧骨隆起，又黑又瘦，一副未老先衰的样子。时间真是把杀猪刀，怎么可以把她折磨成半死不活的样子？但是看得出来，晓惠年轻时的影子还在，天性还在，骨子里面的顽强还在支撑着她。

晓惠见我远道而来，便主动挑起话题，使得吃饭气氛没有尴尬到哪里去。虽说是晓惠挑起的话题，但她自己却并不多话。晓惠没有因为老公把摆地摊这件事说出来而怕我低看她一等。也没有因为被城管撵得兔子飞这样的屈辱经历觉得特别难堪和委屈。相反，我从晓惠眼神里看到的是坚毅、倔强和抗争，生活环境教会她，一切得靠自己。

那隆起的颧骨，是被风雨浸蚀后的挺立，是被磨难锻造出的坚强性格的标志。

那次见面各有各的心思，气氛并不好，加上还有个三岁的孩子在场，也就不便多谈。夏重阳说要尽地主之谊，硬撑着要买单。我说，你不要尽地主之谊了，我来。夏重阳说你这是看不起我。我说，不是看不起你，是对晓惠和孩子过意不去。

没有尽到地主之谊的晓惠心里也过意不去，分手时硬塞给我几双袜子和几条领带，说是一点心意，不值几个钱。一旁的夏重阳扭过头去，看也不看，牵着女儿走了。门外传来女儿稚嫩的声音：爸爸，我想吃麦当劳。

深圳的发展日新月异，当年涌入的大批有理想、有知识、有抱负的热血青年，经过打拼，早已在这座新兴的国际大都市站住了脚，成就了自己的事业和梦想。新思维、新观念、新生活方式植根在了他们心里。所到之处，所见之人无不洋溢着青春的气息、向上的力量。当年意气风发的年轻人，如今已过了中年，迈进了老年，但依然可以感受到他们青春的温度。精神在，状态就在；状态在，走路就是弹出去的，说话神采飞扬。与这一切形成巨大反差的是夏重阳。

这是一座包容的城市，这座城市不会无缘无故拒绝夏重阳和晓惠的存在，每个人都应该充分享受同一片蓝天和雨露。我好奇的是，夏重阳所在公司倒闭，他从副总经理位置上下来后发生的一切。

对夏重阳的好奇，不同于热衷"八卦"，也不是同情怜悯，完全是出于对发小的担忧和对晓惠同学的关心。

三

生活中真有这么巧合的事。我又一次去深圳，那年深圳"真博士"公司的刘董事长约我去谈在武汉建分公司的事，我如约前往。这是家专业做教学软件的公司。在"真博士"公司的楼道里，只见一个人急匆匆从楼梯上下来，那不是别人，正是夏重阳。顿时我俩面对面愣在那里。

我问，你怎么在这里？他一脸怒气，不搭理。我说，我马上要去见你们的董事长，晚上再约你。他还不搭理，直接冲下楼去。

当晚见到夏重阳，他怒气未消，上来劈头盖脸来了一句："我被'真博士'开了。"

我问："为什么？"

他回："为什么？武汉地区销售一大摊子烂事，说我办事不力，责任都归到我身上。现在好了，重新整顿，又要新成立武汉分公司，派个狗屁不懂的副总过去全盘接手我的工作，我提意见，董事长根本听不进，这个家伙，敢开我！"

"你怎么会在'真博士'的，我这次来就是谈在武汉成立分公司的事，这和你有关系吗？"

"虎落平阳被犬欺，连条狗都不如，有什么好说的。不怕你笑话，那年我所在的公司倒闭后我就一直没找到工作，是晓惠求到'真博士'董事长安排我去的。董事长家和晓惠家是世交，董事长也是从武汉来的，他还兼着深圳市贸易发展局的一个处长，在深圳地面上也算是个有头有脸的人物。看在两家的关系又是老乡的份上他让我进了公司。

"进公司不久就发现里面派系错综复杂，分本地的、武汉的、荆州的。照理说我是董事长的人，可董事长又干不过本地的，甚至干不过荆州的，就把我推到前面当替死鬼。替死鬼就替死鬼，你当董事长的好歹人前人后替我圆个场，我也好有个脸面，可他偏不。"夏重阳一通牢骚。

我说："我和刘董原来是一个单位的，私人关系不错，于公于私还说得上话，'真博士'要在武汉设立分公司，你有什么想法我去和刘董沟通。"

夏重阳："还沟通个屁，我已经辞了，不，被开了。"

我说："你不是分管过武汉地区的销售业务吗？市场你熟悉，正好成立分公司，需要你帮忙，我把你要过来？"

夏重阳："开弓没有回头箭，话放出去收不回来了。再说寄人篱下的滋味也受够了。"

光听夏重阳一面之词不行，我还要听"真博士"刘董怎么说，听晓惠怎么说。

这次买单，夏重阳不再硬撑着要尽地主之谊，而是把我当发小，当自家人，不见外，不客气。他一个人喝下去一瓶五粮液，还嫌不够，嚷着又要了一扎生啤，说是漱漱口。走出餐厅，夏重阳吐了，翻江倒海，把绿色苦胆汁都吐出来了。这哪是漱口，这是酒精清洗肠胃了。

我要送他回家，他说无家可回，硬要跟我去酒店。我想也好，我们之间还有很多话要谈，特别是关于他的工作。夏重阳已经醉得不省人事，什么话也谈不了，他鞋也不脱，倒在床上，鼾声像炸雷，急促呼吸吐出来的酒气，搞得一屋子呛鼻气味。受不了了，我只好去隔壁另开了一个单间。

我给晓惠打了个电话，说夏重阳喝多了，现在在我住的酒店房间里，你过来一下吧。晓惠说，别管他，喝死算了。但晓惠还是来了酒店，跟我谈了很多关于夏重阳的事。

生活再怎么艰难，毕竟是怀揣梦想一同到深圳打拼的结发夫妻。说起现在的夏重阳，晓惠打心底里心疼自己老公，女性的柔情完全呈现出来。

"夏重阳这个人心气很高，也有水平，工作一直干得不错，变化是从公司老板卷款出逃开始的。公司倒闭后，他像是完全变了个人。原来公司的老板很器重他，从武汉来深圳开公司，就把夏重阳带过来了。当时公司效益很好，发展很快，公司计划上市的时候，却发生了这样的事，夏重阳的心气和想干大事业的抱负被沉重打压了，他接受不了这个事实。那段时间，他整天待在家里，哪也不去，不做饭，也不管孩子，脾气越来越坏。我让他出去找工作，他暴跳如雷说：'看我不顺眼了，让你养了？'后来我找到'真博士'的刘董事长，看在两家关系的份上给他安排了工作，可没工作几年，你也知道了，就成现在这个样子。他还说人家刘董的不是，把刘董也得罪了。"

"究竟是刘董的不是，还是夏重阳的不是呢？"

"还用说，夏重阳呗。我太了解他了。"

我还想问下晓惠的生活状况，但怕问得不当伤到她，也就没问。

我对晓惠说："你回吧，今晚夏重阳就睡这里，有我在呢。"晓惠说："还能怎样，干脆睡死过去，最好别醒。"

我特意点了一份外卖，一份麦当劳大桶家庭套餐，让晓惠带给她女儿。晓惠奇怪地望着我："点什么麦当劳，我女儿现在在新西兰上学呢。"

"这样呀？我知道你女儿喜欢吃麦当劳，特意点的。"

"她是喜欢，现在成了主食，天天吃，吃腻了，不再喜欢了。"

"买了，怎么办。带回去，你吃。"

"谢啦！"

四

完成了"真博士"武汉分公司筹备的一切事宜，签好了所有合同，刘董说要庆祝一下，庆祝方式是打一场羽毛球。这种特殊的庆祝方式是我没有想到的。就我和刘董，两个人的庆祝不是公司行为，是私底下朋友之间的事。这样好，没有礼数，无拘无束。

刘董备好了尤尼克斯牌的球衣、球鞋、球拍，还带了个包。这个牌子就是羽毛球爱好者熟知的 yy 牌。

以前在单位，和刘董的关系就是同在羽毛球队时建立起来的，我们业余时间一起训练，一起出去打比赛。那时，他打不赢我，我是单位冠军。刘董去深圳后我就没有打球了，而刘董一直坚持锻炼，效果现在就体现出来了。打了一局，我拼尽全力，还是以小比分输掉了。

刘董还要打一局，我说，不行了，再打就出不了球馆了，你厉害，是冠军。

刘董要了冰可乐，两人席地而坐，兴致勃勃聊起了羽坛四大天王。刘董问我还记得人名吗，我说记得一些。刘董掰着手指数给我听：

"世界羽坛一直有'四大天王'的排序，自20世纪80年代至今，公认有三代'四大天王'。第一代林水镜（印度尼西亚）、韩建、栾劲、普拉卡什（印度）。第二代杨阳、赵剑华、费罗斯特（丹麦）、苏吉亚托（印度尼西亚）。再后来就是年轻人都知道的林丹、李宗伟（马来西亚）、盖德（丹麦）、陶菲克（印度尼西亚）。

"我记得你说过，你欣赏栾劲的坚韧顽强，费罗斯特的灵活刁钻，李宗伟的谦和儒雅。"

"真是好记性，连这都记得。那你呢？有没有你追的星。"

"有呀，超级有。我崇拜韩建的迅猛凶狠，赵剑华的力量速度，林丹的霸气激情。对了，还有陶菲克令人胆寒的独门反手必杀技。"

刘董回忆起一场经典比赛，满脸洋溢着回味经典的神情："那年省科技系统打团体赛，我们打进决赛，和邮科院争冠军。你输了一单，两个脚都打起了血泡，我们赢了双打，结果我又输了二单，打得胃出血。最终二比一惜败邮科院，拼来个团体亚军，血刃，惨烈。"

"记得，记得。血刃，这个词用得真好。"

我也跟随着刘董的回忆，一起沉浸到血脉偾张的年轻岁月里头。本想趁打球的机会提夏重阳的事，看到刘董那样的兴致，也就不忍心岔开话题，把他从回忆里拉出来。不过我还是说道："夏重阳也喜欢羽毛球，业余里面绝对一等一高手，球风酷似陶菲克。"听我这么一说，刘董有点吃惊，说："这我还不知道。和你的水平比怎么样？""那比我专业多了。如果当初不是社会兼职太多，志存高远，心不在此的话，他早进省队了。""真是深藏不露。"

在送我回酒店的车上，刘董主动说起了夏重阳的事。

"我知道你和夏重阳是发小，也就不想过多解释，关于他的工作，我只一句话，此老兄志大才疏，眼高手低，难担重任，难成大事。"

听刘董这么一说，我也就不想去管夏重阳的事了。刘董的情绪也一下低落下来："看在和晓惠两家的关系上，公司多一个夏重阳也不是什么事，再说看到晓惠这么辛苦，心里也不好受。可作为老公的夏重阳对晓惠的冷漠、冷落，我都看不过去。尤其不能忍受的是，夏重阳无端生出是非，说我跟晓惠关系暧昧，这话真不知从何说起。实话告诉你，是晓惠坚持让我开掉她老公的。"

随后，刘董补充了一句："当然，如果你们武汉分公司想重用夏重阳，我没意见，那是你们的事，但总经理职务除外。"

下车后我就和刘董道别。刘董把 yy 球衣、球鞋，还有 yy 球拍递给我："留个纪念吧，要记得分手十几年后在深圳，我们打了一场比赛，我赢了，你输了。"

"你赢了，我输了。"

"武汉分公司的事拜托了，祝一切顺利。"

离开深圳前，我去了一趟晓惠经营的店。我没有告诉她我要去。我站在街对面，看到一长条排开的、一个紧挨一个的店面，每个店面都只有几平方米大小。寻着"惠时尚"的名字，我找到了晓惠的那间，看到晓惠一个人在店里面整理服装。店里没有客人，显得冷清。再看其他门店也都这样，或许此时不是季节，或许不是旺点，生意未必好做。

我站在原地掏出手机，拨通了晓惠的电话，听到晓惠"喂，喂"的声音，我没有吱声，犹豫片刻后，把手机挂了。我本想走过街去跟晓惠见个面，说几句话，算作辞别，但还是改变了主意。

只见晓惠走出店面，四下搜寻，她一定在猜想我是不是正在找她的店面。她想不到我会来，不知道我现在在哪里。其实我就在她店面对面的电线杆后面。

五

改革开放四十年，深圳作为改革开放的前沿高地，有多少热血青年在这里拼搏奋斗，挥洒汗水，奉献青春，才使得一个美丽繁荣、充满生机的国际化都市呈现在国人面前，成为国家发展的标杆旗帜。

坐在急速飞驰，被誉为国家名片的高铁上，我翻出夏重阳的微信号，开始考虑怎么回复。

他还是当年那个发小吗？儿时他是孩子王，一群"开裆裤"都听他指挥，指到哪打到哪，那时他就显现了高出一般人的领导才能。中学时他是校级学生干部，公认是个理想远大、意气风发、意志坚定、能力超群的阳光少年。老师、同学们无不对他寄予厚望，认为他日后必担大任，成为国家栋梁。

　　而如今已年过六旬的夏重阳在微信里用寥寥数语，总结一生，且不评价文字怎样，单从精神层面看，里面满是消极悲观情绪，毫无生活热情，没有什么愉悦感，更谈不上幸福感了。

　　"不知昏然，怎得蜕变？老骥志在！"知昏然了吗？蜕变得了吗？可以称骥吗？老是肯定的，志究竟在哪里？

　　夏重阳夫妇离开酒店房间时，晓惠手里的那个大提袋在我脑海里闪现，里面装的该不会还是那些低价劣质的童装、童鞋、领带、袜子吧？到这个时候，夏重阳还可以狠心自顾自地不愿意搭把手，帮衬一下。如果不屑于经营地摊小本生意，那可以把生意做大呀！更不要说有房子和车子，不再让妻子风里来雨里去地躲避城管，舒适安逸地在家里享受晚年生活，重回胖乎乎又白又细腻的喜庆样子了。

　　我好像明白了夏重阳微信昵称"陌魂"的含义。"陌"不是乡间小路的意思吗？是不是也可以理解为荒郊野外，如果可以的话，配上"魂"，就可以解释为，荒郊野外飘荡的孤魂，空虚没有根。如果按照"陌生的灵魂"来解释，则赋予另外一层更深的含义，夏重阳还认识当初的自己吗？不知道他有没有意识到，自己内在的东西没了，本质的东西丢了，也就没什么剩下了。如果是年轻还好说，有时间去修正自己，都这个年纪了，找回原来的自己的气力都没有了，还能干什么？

　　人这一生的历史都是自己在书写。造化弄人，世事变迁，一个人一个故事，不重复，都精彩。那句"岁岁重阳，今又重阳，战地黄花分外香"的著名诗句在耳边萦绕。夏重阳还有可能再现昔日的战地黄花吗？

想了半天，还是不知道该怎么去回复，我想算了，干脆不回复了，文章写到这里就该打住了。没有想到，夏重阳又接连发来四条微信，他这是逼着我去想他的事。夏重阳意犹未尽有话要说，使得我也就无法停笔，同样找话来搪塞。先把夏重阳的微信一字不漏，照录下来。

1. 任何让人心中升起暖意的体验，都是值得珍视的。它的美好会化作爱意，如水中涟漪，向人群扩展。传递，再传递，经由后人之心，直至永恒。

2. 我用几乎一生，来寻找照亮心灵的那个真理。诚实地面对自己的灵魂，检查感情中是否掺杂着虚妄，这是使生命升华起来的重要支点。它既让自己看到已有的道德能力，也能测度出当前拥有的智力水准。而此二者在真实中融合，是人生通往美好的必要路径。

3. 人是学习、创新的物种。生物之所以有学习的需要，是因为生命对环境发出的刺激信号敏感。靠着这种特性，人们积累经验，建构令自己满意的生存方式。由于与环境的依存关系，环境和人自身又是不停地发展变化着的，因此，人总是遇到二者之间不断发生的、需要解决的新问题。为了维持人类的持续生存，学习与创新就成为人类生存发展的必需手段。

在某些西人眼中，中国传统文化呈现的是一种被动式的自生自灭的生存状态。他们是以"群体对环境的互动过程是否达到科学觉醒"

这一原则为判断标准的。显然,古典中国是不能提供"自然科学觉醒"的证明的。因为,那要以哲学中对终极关怀的努力探索为根据。

学习样式的差别进而带来了创新能力的差别,这反映了群体间的"生命发展形式"的差别。人们经常将二者之间的上述差别表述为现存文化样态的差异,这是不够深入而缺乏准确性的。这一问题值得我们给予特别的关注。

在当今全球化的情景中,上述由古典传统造成的建构能力的缺憾固然可以通过模仿借鉴式的学习来弥补与外国已有的差距。然而,西人那种由特定生命状态和思维方式产生的原创冲动和能力,有着其自身永不枯竭的活水源头,却不能轻易、简单地由模仿借鉴而获得。清楚地认识到这一差别的人,在我们群体中则更少。

我们必须从基础上更换土壤,让那些有关人类整体的问题"发生出来"。

4. 如能配上"非名流"的痕迹,便可嗅到那时的气息,触摸到彼时的人物了。当然这是题外话。

一个时代的韵味,总是沉淀到了人们实实在在的生活行止之中。小时,民国范儿的美,透过革命大潮的涤荡,于锈迹斑驳中,还能闪烁出光点,润济我等幼稚的心灵,实属宝贵。那种美,表现出如此的意味:谦和、友善、诚实、内敛、礼貌。与革命鼓励的风尚极不同,两者间的人情原本也是相通的,但革命浪潮迫使人们远离温、良、恭、俭、让,以获得安全保障,硬将传统打入另册,将粗鄙供奉了起来。时至今日，景况对比，内心已找不回那时的质朴与平和了。这或许可称，此一时彼一时矣！但美难道不是永存的吗？

客观说，夏重阳有思想，知识面广，考虑问题有独特视角，深邃，而且有自己的东西，文笔也厉害。不用说，他年少时打下的扎实底子摆在那里。就这几条微信而言，随便拎出一条来都可圈可点，至少比起那些无聊的心灵鸡汤文字来，要有深度和内涵。但这又能怎么样呢？能起什么作用呢？是能当饭吃，还是能遮风避雨？

四条微信同时发来，是一条一个意思，还是就一个意思，或是之间有什么关联？他想表达什么情绪，传递什么信息？我实在没看明白。不过，我还是想尽力去搞明白。从几次和夏重阳的交谈中，以及通过读他的文字，我已经对他的语言风格有了大致了解，其晦涩程度，不绕几道弯子是搞不懂的。

即使绕了弯子，也未见得就能懂。所以，一想到夏重阳的文字，我的头就发晕。闭上眼睛，我想到了刘董对夏重阳的评价，觉得这个评价准确，也就没有必要再对夏重阳的文字进行注解，最好是让读者去看去解读，爱怎么解读就怎么解读，反正我不想再扯上关系，我早已无话可说。

高铁抵达终点，我走出站台，去换乘地铁。夏重阳的微信幽灵般尾随到地铁。又是一大段佶屈聱牙的文字："难得在夜晚十一点前睡着，今碰上了，运气又差点，午夜一点，不知被什么毒虫蜇了个包。奇痒中，于迷迷瞪瞪之境，脑海闪出'摇唇鼓舌'一词。将'舌'误作'瑟'，不知怎写，强行回忆，醒了瞌睡。经查，会写了，竟发现是错别字。上药止痒，过道遇老婆发问：何故破皮？答：遭蚊虫叮咬。被一顿数落，顶嘴一二，极无趣，睡意全无。"

有写这些文字的工夫，何不帮妻子进货，何不料理下摊位，哪怕在家做顿可口的饭菜也好啊。现在倒好，夏重阳你是睡意全无，却把我的瞌睡勾上来了。坐了四个多小时高铁，还要换乘一小时地铁，我真的打瞌睡了。

夏重阳继续写他孤芳自赏的文字好了，爱怎么写就怎么写，只是不要再发给我了。无聊到连蚊虫叮咬这样的生活小事都可入文字，看起来夏重阳的文学才气到头了。他这样做，我不但不会去欣赏，反而会更多地去想晓惠，越发为晓惠难过，而这，可能是夏重阳不会想到的，也是他不希望的。

其实夏重阳有很多事情可以去做，但留给他的时间不多了，珍不珍惜是他的事，任何人都帮不了。至于武汉分公司的事，我已经到年纪了，肯定不会去干，在高铁上已经考虑好合适的总经理人选。公司高管班子由总经理去组建，我要做的只一件事，就是向总经理建议，夏重阳不适合做高管。我这个考虑不是不要发小这个关系了，也不是轻看这个关系，这个建议完全是从公司发展考虑，从公司班子建设考虑。几十年商海沉浮，早已明白一个道理，一旦把私情掺杂到工作里，既误了工作，又毁了朋友关系。

出于礼貌和对发小的尊重，我还是简单回复了夏重阳："老兄不是穷尽一生寻找'照亮心灵的那个真理'吗？是否找到了呢？以愚弟见，那个所谓真理，其实虚幻不存在。这个话题展开去说，可以是篇大文章，不赘述。老兄，还是回到现实中来的好。"

这个话题我哪里述得出来，不管赘述还是简述我都发怵心虚，力所不能。相比较夏重阳的深邃来，我只有竖起耳朵聆听的份，哪还敢展开去说。

可惜了，深圳这片包容开放，让人恣意挥洒青春、施展才华的热土，怎么也容不下夏重阳。这座城市没有苛求和挤榨，是夏重阳自己把自己和这座城市割裂开来，自己抛弃了自己，实在怪不得别人。

人可以没有才华，但不可以没有责任担当。伴随一个人一生的，让他为人认可、亲近、敬重的，一定是后者。在任何一个地方的立足之本也一定是后者。

"星耀班"那志存高远的一代才子，风流倜傥的羽毛球高手，再也见不着了。时代没有对不起他的地方，是他自己辜负了自己。同时被辜负的，还有他美丽、善良、勤奋，曾经白白胖胖的同窗妻子。

一起下水

本篇人物：胡松涛、梅傲立、姜楠竹——原"星耀班"航模兴趣三人组。

记不起当年为什么要去珞珈山，只知道那是著名的武汉大学所在地，有山有水有牌坊。而武汉大学以樱花扬名，被冠以最美高校则是后来的事情。

三个十三岁的毛头糙子伢无所事事，一路闲逛来到珞珈山。先是登山，爬到半山腰觉得一点趣味没有。脚下是湿滑的青石板，还有硌脚的小石子，遮天蔽日的浓荫和藤蔓以及蜘蛛网挡住了去路，他们得边爬边不停地拉扯缠绕在脸上颈上的枝条和蜘蛛丝。对这个地方，他们怎么也提不起兴趣了。

这里空气很好，也浪漫，但他们不在乎是不是好空气，也不晓得浪漫。他们还是懵懵懂懂的毛头糙子伢，有这个年纪自己想要的东西。

于是他们下山来到学校行政楼旁边阳光充足的大操场，比谁跑得快。这看上去比爬山还要无趣，还要无聊，但他们却觉得很有趣，一点也不无聊。

在起跑线上，其中那个叫竹子的发令，自己却抢跑，快半拍冲了出去，叫涛子和叫小立的这才撒腿往前赶。两圈下来，竹子落下一大截。涛子个高腿长跑在前面，小立紧随其后，两人停下来朝竹子喊加油，喝倒彩，嘲讽竹子毛痞耍赖，抢跑不说，还落在了后面。

竹子喘着粗气，四仰八叉瘫倒在草坪上，涛子和小立在他身旁一边一个侧卧。涛子揪着竹子耳朵不停嘲讽："你个毛痞耍赖的东西，跑呀，让你跑，让你跑！"小立不吱声，顺手扯过一截草根，用指头搓了两下，伸到竹子鼻孔里，轻轻捻动。竹子摇头摆手，两脚乱蹬。

最后，涛子和小立一人一只手把竹子拽起来，竹子说："不行，累死了。走，我们到旁边的露天电影院去歇会儿。"

背后沾满泥土和草根的三个人，侧身穿过锈迹斑斑的铁栅子门，在电影院中间位置的长条木凳上紧挨着坐了下来。坐了一会儿，竹子把涛子和小立推开，躺在木条凳上，还急促地喘气。

涛子见不得竹子一副懒样，去揪他的耳朵："起来，起来。"

小立叫嚷："电影开演了，快看，《大闹天宫》呢。"

竹子双手捂住耳朵："起开，起开，哄鬼呢。哪有给大学生放动画片看的？只怕是你异想天开，想变成七十二变的孙猴子？"

这时三个人口干舌燥，肚子"咕咕"叫唤。空旷无人的露天电影院里没有水喝，也没有吃的。三双脏兮兮的小手同时去翻开各自的同样脏兮兮的小兜兜，抖出泥土、草根、枯树叶，就是抖不出一个钢镚来。

长条木凳的缝隙里长出青苔和嫩草芽，阴湿发霉的空气在四周弥漫，粗壮高大的梧桐树枝杈无节制地伸展，把露天电影院围得像座鬼城。

小立从缝制在内裤上的小兜里掏出一把能伸缩的水果小刀，去挑长条木凳缝隙里的苔藓。他挑一下，然后用手指抹去粘在刀尖上滑腻腻的绿色。这把伸缩小刀是小立的心爱之物，总是贴身带着。

竹子和涛子眼馋得很，早就觊觎着，总是寻找各种理由想借来玩。小立哪里舍得，顶多在小伙伴眼前晃动两下，便赶忙收起来。

"小气鬼，一把破刀当个宝。"竹子拍了下脑袋，突然想到了什么，倏地起身："走，找我大哥去。"

竹子的大哥长竹子十好几岁，武汉大学数学系毕业后留校当了老师，少见的数学天才，是当时这所著名高校最年轻的副教授。

竹子大哥带着三个小兄弟来到教工食堂。米饭管饱，菜是双份。在那个物资极度匮乏的年代，哪见过这阵势，把极平常的日子过成了年三十。见到荤腥，三个饿死鬼狼吞虎咽，三两下吃下去竹子大哥差不多半个月的工资。风卷残云过后，总算来了精神，恢复了人模样。

临走，竹子大哥又往每个脏兜兜里塞进了一个盐茶鸡蛋。

"你们怎么来的？"大哥问。

"走来的。"齐声回。

"回去呢？"

"还是走。"

大哥掏出一元钱塞给竹子："你们搭公交车回去吧，回晚了爸妈着急。"

竹子把钱还给大哥，说："还是走回去的好。"

涛子和小立附和道："还是走回去的好。"

往回走的路上，竹子抬头挺胸，边走边跳。大哥请自己的小伙伴饱餐一顿，对于竹子来说是件特别值得炫耀的事情，他感到特别有面子，没有什么事情可以和这相比。竹子边走边想，自己在操场上跑得比谁都慢，抢跑了反倒还落在后面，被奚落毛痞耍赖，既输面子，又输里子；但大哥的一顿饭就全给找补回来了。看你们还说不说我毛痞耍赖，还揪不揪我耳朵。大哥真好，大哥是一片天，大哥是顿好饭菜，是盐茶鸡蛋，是返程的一元车票钱。你涛子有大哥吗，小立有大哥吗？不由得叫出声来，大哥真好。

涛子随竹子说道："你大哥真好。我有个大姐，跟你大哥一样，对我也好。"

小立也说："你大哥真好。涛子有姐，可惜我是老大，没哥没姐，好羡慕你们。"小立说这话时有些沮丧。

竹子靠拢过来，用手箍住小立脖颈安慰道："没有大哥，将来你就是大哥，弟妹都得听你的，多好。"

涛子插话道："那要等到什么时候？"

"总会有那一天。"当大哥无望的竹子，也就随口打哈哈，但还知道画个饼出来，让小立充饥有个盼头。

竹子的话还是中听，小立心情好了些，自己下面有弟妹，自己总会有当大哥的那一天。小立盼着快些长大，像现在的竹子大哥那样。

说着说着，他们来到了武大凌波门。穿过凌波门就是漂亮宽阔的东湖，湖对面的凌波门有个用水泥板隔出来的露天游泳池，叫凌波游泳池。

四月初的天气，如果没有风，出太阳的时候会有一点燥热的感觉。坐在游泳池深水区的水泥板上时间长了，三个人感到屁股底下有了温度。竹子从兜里掏出盐茶鸡蛋，脱下外套，垫在屁股下面，涛子和小立也学着这样做。

不远处走过来一个中年军官，竹子站起来用普通话礼貌地问："叔叔，现在几点？"很搞笑的样子。知道了时间，竹子又坐回原地，涛子和小立手里焐着已经压扁了的盐茶鸡蛋，眼巴巴望着竹子，希望他尽快下达开吃的命令。

小小年纪已经知道要摆正主次关系，鸡蛋是竹子大哥给的，何时吃当然得由竹子说了算。其实竹子也等不及了，却还要装模作样："大哥是大哥，我是我，哪来的讲究？吃吧，吃吧！"说是不讲究，竹子却是蓄了心，特意提高嗓门，美美地过了一把讲究的瘾。

竹子说完，三人迫不及待开始剥蛋壳。竹子边剥边说："吃完鸡蛋，下水游泳怎么样？"涛子和小立没有工夫去搭理，埋头剥蛋壳。

"涛子个高腿长，水性好，先下去。"竹子晓得，大哥的一顿饭换来了自己管用的话语权。语气语调就发生了变化，转换成大哥角色，威严，不容挑战，不许反驳。

小立用小刀划开鸡蛋，切成小块块，很像现在的小布丁。再用小刀一块块挑到嘴巴里。他不想两口吞下一个蛋，要边玩边品，慢慢享受。然后，他头也不抬地说："竹子这个主意好，涛子先下。"

"去你的，以为有把小刀就了不起？要下一起下，要不又有人毛痞耍赖。"涛子知道竹子德性。

"谁毛痞耍赖了？你水性好。再说天气这么热，屁股冒烟，下去凉快凉快不好？你总说你跑、跳、游、掷，十项全能，下个水就尿了。"

"莫激我，我下了，你们也要下，不下都他妈的。"

"不下他妈的。"

"不下他妈的。"

涛子脱掉背心和长裤，站在泳池扶梯上，瞪大眼，恶狠狠回望了一下："你们要是不下，都他妈的。"说完，纵身跃入水中。

岸上虽然燥热，水里却冰冷刺骨。涛子在水里只扑腾了几米远，呛了几口，感觉不行了，就转身往回游，爬上岸来。就这么一下子，涛子嘴巴已经冻得乌黑发紫，牙齿打战，浑身哆嗦不已。

竹子和小立看涛子狼狈的样子直想笑，又不敢笑，赶忙递去衣服裤子。

涛子不领情："莫要笑，你们给我下。"

竹子："都乌黑发紫打战了，还下？"

小立："牙都战了，还下？"

"想毛痞耍赖是不是？废什么话，下！"

竹子和小立佯装脱裤子，脱了一半，扭头就跑，边跑边提裤子。涛子哪里咽得下这口气，一手抓一个，使劲往水里推。竹子和小立不从，三人扭成一团，在水泥板上滚来滚去，几至动手。

"竹子这个人毛痞耍赖惯了，小立不会也想学吧？晓不晓得，我的小鸡鸡已经成了冰冻莲子米，生疼，非要让你们也尝尝冻掉的滋味。"涛子怒目而视，摆出挥拳的架势。

"不就是冰冻了一下，怎么啦？还莲子米、鸡头米地挂在嘴边，丑不丑，知不知羞？"

这下涛子恼了，他不由分说拳头直奔竹子而去。竹子躲闪后退。小立冲到两人中间，左劝右劝。上火的涛子不肯收手，一拳拳砸向竹子。竹子手短够不着，用脚乱踢，处于下风。见打不过，竹子使出撒手锏，揭涛子的短，往涛子痛处捅："你爸爸是国民党特务，你这个特务狗崽子，敢对老子动手，狂什么狂！"话音一落，果然奏效，气势汹汹的涛子被镇住了，仿佛高速行驶的汽车突然爆胎，泄气的轮胎与地面摩擦后被踩蹭得皮开肉绽。

正在扯架的小立认为，尽管涛子动手在先，但竹子不应该拿长辈说事，出言伤人。动手就动手，打不赢就恶语相向，明显是竹子不对，小立看不起这种人。

被揭了短的涛子，经过短暂时间的停顿，从被打蒙的状态中苏醒过来，被污辱后的撕裂感涌上心头，遏制不住的愤怒一下子让他失去理智。只见涛子双拳紧攥，怒目直视，再次扑向竹子，拳头像雨点般砸过去。

竹子猝不及防，情急之下，一把抢过小立手中的伸缩小刀，迅速推出刀头。小立惊呆了，涛子也惊呆了。动刀子还得了，那可是要出人命的。被动挨打的竹子，顾不了这些，疯了一般挥刀刺向涛子。涛子退了两步，本能地用胳膊隔开竹子持刀的胳膊，这么一隔，把竹子持刀的手震了一下，小刀脱手，刀子掉进了池里。

失去刀子，竹子没有了优势，气势一下子泄下去。赤手空拳肯定不是涛子对手，好汉不吃眼前亏，停手是最好选择。竹子一屁股坐在了水泥地上，气喘吁吁，两眼恶狠狠地盯着涛子，牙根发颤，恨不得把他掐死，或者推下池去让水给淹死，淹不死也给冻个半死。

涛子一番发泄，刚才的怨气恶气已经消了一大半，也没有仗着身大力不亏穷追猛打，反倒是面带怯色，一副做错事理亏的样子，背对着竹子，不想理会身后瘫坐在地、不经打的对手。

失去刀子的小立难过万分，蹲在地上"哇"的一声抱头号啕起来："你们赔我的刀，赔我的刀！"他的哭声彻底平息了这场斗殴。

三个人抱头蜷缩在游泳池水泥板上，各怀心事，谁也不理谁。小立翻过身来，把头探向水里，眼睛直勾勾盯着水面，心疼他的刀子，却又不知是谁的责任，该找谁赔。

回家的路上，三个人垂头丧气，互不理睬。涛子个高腿长，把小立和竹子远远甩在了后面。

回家后，谁也没有跟家人说起这事。吃过晚饭，广播里传来消息，中国共产党第九次全国代表大会召开。那个年代听到这样振奋人心的消息，哪怕是小小年纪，心情也都会莫名其妙地激动。用不着谁通知，大家都会往学校赶，去参加庆祝游行活动。

那天夜晚真是热闹！武昌司门口一带，长街被游行庆祝的人塞满了。有举着标语牌的，有敲锣打鼓喊口号的，还有一队队跳长绸舞的，长长的绸缎被雨淋湿，绞成了鞭子，甩得出去却舞不起来。

激情一浪高过一浪，到了狂热的程度。竹子、涛子、小立夹杂在欢庆的队伍里跟着大人高喊狂欢。三个人的手紧紧拉着，生怕丢失或被踩踏。他们不知道究竟发生了什么事，就是觉得好玩热闹，比起武大露天电影院里的萧疏阴森，这里灯影摇曳，人声鼎沸。人看人，人挤人，被裹挟着往前推的感觉真过瘾，顶着雨、浑身湿透也令人感到畅快，他们一点都不觉得冷。他们竟把白天发生在泳池持刀斗殴的惊悚一幕忘得一干二净。

成年后的涛子曾经回忆写道："每读辛词'一夜鱼龙舞'，总会联想到那个晚上。游行过程中，天下起雨来，雨还不小，但人们热情不减，冒雨游行直到夜晚九点多钟。人们近乎狂热，失去理智。一晃过去四五十年，至今清晰记得，1969年4月1日这一天，我记忆里重要的一日。回忆鲜活得很，一点不因岁月流逝而褪色。我甚至都还记得雨水的味道……"涛子还语出惊人："有些人能感受雨，而其他则是被淋湿。"好在涛子不贪功，声明这句充满哲理的话不是自己原创，而是出自某个名人。

竹子读了涛子的回忆文章后，说涛子说假话。就他感受到雨，没有被淋湿？完全一副酸醋文人嘴脸。他觉得，凑热闹参加庆祝活动不假，那天也确实下了雨，但留存在记忆里的，一定是白天发生在东湖凌波游泳池被怂恿下水和持刀斗殴的事件，还有那句因年幼无知而不知轻重伤人的话所激起的失去理智的、遏制不住的愤怒。

小立也有同感，说涛子胡说八道，偷梁换柱，说什么还记得雨水的味道，明明湖水鱼腥的味道更入情入理入味。

当然，对于小立来说，伸缩小刀的落水，才是刻在心里一辈子的痛。

时间来到了 1977 年。恢复高考改变了三个人的命运，才真正确立了各自一辈子事业走向。现在想来，当年闲逛到武大，未必真就无所事事。可能在冥冥之中，有一种对日后职业选择憧憬的暗示，抑或在悄无声息中埋下了一颗渴求知识的种子。这么说，被怂恿下水和持刀斗殴事件无非是个插曲，是个花絮，是个铺垫，不过平添一些人生经历谈资而已。如果非要添油加醋，渲染出是对当年"读书无用论"的抗争，编织出一个早熟、励志的故事来也未尝不可，于逻辑、于情理也还都说得过去，只是这样就太不真实，过于假了。想必竹子、涛子、小立三人都不会认同。

一度留在街道工厂当工人的竹子考进了同济医科大学，他本想走大哥的路，报考武大数学系，结果未能如愿。收到录取通知书当天，他大哥赋诗一首："理工农医，并无隔阂。凡有学在，皆成性格。胆大心细，终生贯彻。救死扶伤，佗鹊失色。赶超欧美，我辈天责。高梧鸣凤，凌空奋翮。"对小弟的殷殷期望跃然纸上。经历了那么多事情，他也没有放弃对知识的渴求。读到大哥的赠诗，竹子百感交集。字里行间渗透出的怜爱，兄弟情谊，已远远超出当年珞珈山下那顿美餐和盐茶鸡蛋的意义。

这首诗涛子和小立都看过，无不为之动容。竹子请爱好书法的朋友抄录了这首诗，走到哪儿就随身带到哪儿，像镜子，又像钟，用以照亮和警醒自己，比那时小立对伸缩小刀的珍视更甚千倍。

倒是在国有棉纺厂工作的涛子考进武汉大学，选择了中文专业。

小立当时还在农村当知青，稳妥起见，报了个中专，省属的公路桥梁学校。

毕业后，各人的事业发展都还算顺利，竹子毕业分配到司法系统，当了一名法医。扎实的基础知识和高超的专业技术让他很快在单位脱颖而出，成为独当一面的技术专家，没有辜负他大哥的期望。20 世纪末去美国常春藤名校读了个学位，毕业后留在了美国，在一所高校实验室任职。退休后开了一家中西医结合的诊所，晚年过着悠闲舒适、有事可干又不特别操劳的生活。诊所在显眼的地方悬挂着他大哥的赠诗，装裱得极精致。

涛子毕业后在一所职业学院任中文教员，业余时间坚持文学创作。出版了诗集《遥远的巴西利亚》《红色记忆》，散文集《那年》。他回忆文章里的那句"参加庆祝活动，回忆鲜活得很，一点不因岁月流逝而褪色。我甚至都还记得雨水的味道……"以诗的形式，被收录到诗集里面了。关于凌波游泳池被怂恿下水和挥刀斗殴的回忆则汇入了散文集里面，其中专门有一篇叫"梭刀"。涛子在单位工作近三十年没挪窝，有些乏味，没有了激情，想去世界各地走走。他大姐早年到巴西利亚打拼，积攒下了相当多的财富，成为当地华人商界领袖。其影响和声望使涛子大姐曾获得受邀到总统府被总统接见的殊荣。大姐也想涛子过去。

涛子提前办理了退休手续，经常往来于巴西及周边南美国家，还包括北美一些国家。知道小立是巴西足球的铁杆粉丝，他利用大姐声望，居然得到了球王贝利和"外星人"罗拉尔多亲笔签名的 T 恤。小立拿到 T 恤后激动不已，兴奋得一晚上没合眼。他一直珍藏着 T 恤，比当年伸缩小刀更甚几百倍。

小立虽然只是中专毕业，却是三人中最有钱的。他先是在国有大型路桥设计公司工作，从最底层做起，兢兢业业，虚心好学，业务能力提高很快，国内很多条高速公路的设计都出自小立之手。做到了公司中层位置后，他放弃了编制，辞职成立了合伙人设计公司。公司走入正轨后稳步发展，效益年年增长。干到退休年纪，小立从总经理位置退下来，去美国带孙子，享受天伦之乐。

三人在工作上没有交集，所以鲜少见面，但联系一直在。2019 年春节期间，三人三地隔洋互相拜年，约定春节过后的 4 月 1 日齐聚美国宾夕法尼亚州的费城，纪念东湖凌波游泳池事件五十周年，重温儿时那令人难忘的一幕。

竹子已经入籍美国，诊所开在新泽西州，开车到费城不过一个小时车程。涛子远在巴西，但即使巴、美两国之间没有免签政策，办签证前往，也不是难事。小立持有美国十年往返签证，随时可以出发，且孩子正好在费城。这些原因也是机缘，使得三人齐聚费城成为可能。

费城斯古吉尔河，是宾州东南部的一条河流，流程约 209 千米，向东南注入特拉华河。竹子介绍说，在新泽西找寻了很久，硬是找不到一条和武汉东湖类似的湖，甚至能够称得上"湖"的水域都难找，所以舍近求远，找到了费城，将就在了斯古吉尔河。

蜿蜒曲折的斯古吉尔河流经费尔蒙特公园，到这里有个较大的转弯,这段河面较窄,但水流较缓。费尔蒙特公园是世界最大的公园之一,1875美国独立100周年的纪念会场就设在这里, 也是1876年世博会的举办地。斯古吉尔河滋润着公园里的花草树木、万物生灵,也滋润着这座城市。

当面对缓缓流淌的斯古吉尔河,回忆起五十年前那一幕的时候,三人都已经语塞不能自已,控制不住地泪流满面。

当天气温要比武汉低两摄氏度。竹子首先打破平静,对涛子说:"我先下。"小立接过话:"我先。"涛子说:"别争了。既然要再现当年情景,就不能走样,还是我先下。不过毛痞耍赖可不行。"

"为什么不能走样,何不来个创新,要下一起下。"这话是竹子说的。

"好呀,要下一起下。"涛子和小立附和。

三个老人手挽手缓步向河水走去, 像极了五十年前庆祝九大召开那个晚上游行队伍中"三个小手紧紧拉着,生怕丢失或被踩踏"的场景,只不过从陆地移到了湖水中。

用半个世纪的时间,换来这一幕,是光阴的丈量,是友谊的丈量,更是心灵的丈量。在大洋彼岸, 蜿蜒曲折的斯古吉尔河可以见证, 美丽灵秀的费尔蒙特公园可以见证, 费城这座历经风霜伟大的城市可以见证, 三个来自遥远国度的武汉老人一起赤身下水了。

水流缓慢, 河水清澈, 由浅及深, 三人慢慢松开手, 向河中心方向游去。只十几米, 涛子做出回游的手势,竹子则大声叫喊"返程"。这样的水温, 时间长了会有危险, 必须确保安全。

到底行医出身的, 下水前,竹子就已经在河岸边支起了一顶大帐篷，预备了保暖性能极好的睡袋。保温瓶里滚烫的可乐姜丝汤以及各类常用药品一应俱全。

三个人围坐在帐篷里。竹子拿出准备好的一把瑞士军刀递给小立说："这是去年到瑞士旅游时专门给你买的。"说完又递给涛子一支派克金笔："用这支笔来签售你的新书。"

涛子拿出两本新再版的书《那年》，说："那就气派讲究一回，用竹子这支派克签名，不用随身带的马克了。"

"扔掉，扔掉。有派克，还什么马克。著名作家当然要气派、要讲究。"

小立拿出两册精致图集来："这是我设计的高速公路建成通车图集，凝聚了我一辈子的心血。一个修马路，同泥巴和沥青打交道的粗鲁之人，哪敢攀比涛子，连马克都不配，还派克？签名就免了。"

"什么粗鲁之人，必须签，而且就这派克。"

交换礼物过后，他们共同谈起了竹子的大哥。从那顿饱餐、盐茶鸡蛋、一元车票钱，到那首励志的诗。竹子说："好几年没见到大哥了，他已近耄耋之年，现在是终身教授，当了一辈子教书匠。"

"可以说，我们认识世界、认识人生是从你大哥这里开始的，他是我们的启蒙。那时还小，不明白'大哥'的真正含义，以为一顿饱餐远比责任、担当、奉献要紧得多，现实得多。走上社会才明白责任、担当、奉献才是生活中最重要的。'长兄为父'是这一切的最好诠释。不夸张地说，大哥的这首诗伴随激励了我一生。"涛子的诗人语言充满了哲理。

小立听涛子娓娓道来，手里摆弄着瑞士军刀，还跟小时候欣赏伸缩小刀的神情一样。

经滚烫的可乐姜丝汤催化，少年的青葱越来越清晰，帐篷里激情不断升腾。涛子有了诗兴，把平庸无聊的家长里短变得很文学，很唯美。

"你们一定想到过，但可能没有去归纳总结。我涛子大名叫胡松涛，小立叫梅傲立，竹子叫姜楠竹，三人姓名里分别含有'松''梅''竹'三个字。是因为性格相向，还是姓名里分别有松、梅、竹，抑或是某种机缘巧合，我们三人成了'岁寒三友'。谁曾想过，稚嫩的'岁寒三友'结盟后共沐浴，共成长，一起走过五十个年头，成为一辈子的朋友。

"古往今来，得文人雅士偏爱，一大堆赞美之词被慷慨赋予了'岁寒三友'。尤以松、竹经冬不凋，梅则迎寒开花，傲立冰雪最为称道。松、梅、竹取松奇而文，梅寒丽秀，竹瘦而寿，在'岁寒三友'之外又多了一层三益友的寓意，在中国传统文化中是高尚人格的象征，也借以比喻忠贞的友谊。这一切描述好像都是为我们写的。"

"精彩，精彩。松奇而文，梅寒丽秀，竹瘦而寿，符合我们三个人的性格特点，三益友这个寓意更加好。"竹子和小立一起鼓掌。

"小立半天没吱声，也讲点什么吧。"竹子想多听些国内消息。

"我来个小段子吧。有一年设计院派我到高速公路收费站监测统计车辆通行情况。收费站的书记居然跟涛子同名同姓，也叫胡松涛。某日老厅长来收费站检查工作，听完汇报，叫过松涛，拍着他的肩膀语重心长地说：小胡呀，你要努力学习，努力工作，一定不能'松'，要'紧'呀，这句话把胡松涛搞得摸不着头脑。老厅长接着说：你看你，松一下，好啦，就是个收费站的小书记，要是紧（锦）一下呢？"

"我们的涛子什么时候'松'过？一辈子'紧'着呢，笔耕不辍，现在是大诗人，多优秀，岂不比收费站那个同名同姓的什么书记强上百倍？"竹子离开祖国时间太长，只能按照自己的理解，来解读"松、紧"段子。

"都不错，都不错。别的且不论，能够来美国，能够齐聚费尔蒙特公园，能够在自己搭建的帐篷里开怀抒情，这本身就是个梦幻，就不是随便一个三人行，什么三发小、三闺蜜，什么想行就行的旅游团，一定是混得有模有样的'锵锵三人行'，是'星耀班'顶顶航模三人组才行。"涛子一副得意自夸的神情。

晚上在帐篷里过夜。天上繁星闪烁，斯古吉尔河在身边缓缓流淌。帐篷外不时发出声响，竹子断定是出来觅食的松鼠和野兔。

涛子问："松鼠和野兔会晚上出来觅食？会不会是小鹿呢？"

竹子回："松鼠和野兔都有晚上出来觅食的习惯，只是觅食时间比较短。小鹿肯定不会，它胆小。"

小立下意识摸了下枕边的瑞士军刀："会不会有凶猛野兽出没？"

"这里是费尔蒙特公园，不是费尔蒙特野生动物园，真要是碰上凶猛野兽算你运气好了。"竹子什么都知道。

三人便都钻进了睡袋，没有了说话声。说好第二天去竹子的中西医诊所，竹子要为涛子和小立做全身按摩，彻底放松。

涛子睡不着，来了灵感，蒙头酝酿起新作。

小立睡得很沉，呼呼打起鼾来。

夜寂静，生灵万物卸下疲惫，躲藏起来积蓄能量，攒足了劲，去迎接又一个黎明。

　　毕竟有打小航模兴趣打下的底子，他们对远方、对天空翱翔的渴望程度有别于其他人，始终抱有探究的态度、诗的向往，总有一股莫名力量在推着他们。胡松涛、梅傲立、姜楠竹周游世界各地，齐聚大洋彼岸，也算"星耀班"的小团队浓墨重彩的一笔。

　　附带提一下，竹子后来听说"星耀班"语文课代表李粤生的小孩也在费城，而方汛的孩子则在纽约，粤生和方汛经常往返中美两国，便去问小立知不知道，小立回道："还真没听说，不会这么巧吧。"竹子说给涛子听，涛子就无限感慨：当年的星耀，不如二代星耀，星耀出了国门，星耀世界。此为后话。

徐家老宅

本篇人物：徐欣然——原"星耀班"学生。在"读书无用论"年代，他学工、学农、炼钢、炼铁、拾煤渣，是把好手，因而落得一个"菜篮子"绰号。

三月踏青，徐欣然带"星耀班"一众，来到罗田骆驼坳镇一个叫燕儿谷的地方。

此时，燕儿谷是个正在开发建设中的生态观光旅游景区，这个景区没有一点名气，无论历史典故、文化积淀，还是独特地形地貌，都无从谈起。即使开发商绞尽脑汁、胡编乱造去造势，日后能不能成为网红打卡地也不好说。只是"燕儿谷"这个名字起得还算雅致，但是你要是冲着这个名字去，那就上当了，你会发现这只是个噱头。

要不怎么说徐欣然意识超前，有眼光，有经营头脑呢？当初徐欣然决定回老家经营餐馆，还真不是仅仅冲着"徐家老宅"这块金字招牌，倒是燕儿谷这个不被看好、未来不可知的旅游景点的高调兴建，让他敏锐察觉到这是个难得商机：先借"徐家老宅"造势，等景点有了名火起来后，人流量必定剧增，食客自然就有了。必须趁热打铁，牢牢抓住。

规划中的茶梅、玉兰、樱花、红豆杉等专题园区的树苗栽下去有一年多的时间，大部分已经成活，开始长出了模样，但离观花赏景、可以经营卖门票的要求还有相当距离，还需要时间。正是这个原因，徐欣然没有急着带"星耀班"一众去游览还不成气候的这园那园，而是把车停在了这个叫"徐家老宅"的宅子门口。

当然，这里也非一无是处，也有好地方。欣然清楚，离景区大门不远的自家老宅子和离宅子仅十来米的上年头的粗壮高大的皂角树绝对值得一看。只可惜燕儿谷项目的开发商不识货，缺乏品位，敲锣打鼓造势叫嚣了半天，根本不知道最值钱的是什么，吸引眼球的卖点在哪里，没有折腾到点子上面。

徐家老宅，说是宅子，里面并没有住人，而是一家农家餐馆。但它绝不是一家简单的乡下餐馆，这个宅子的特点在于它的年头历史。由于年久失修，从外面看，灰墙黑瓦，屋脊塌陷，屋檐四周的雕花木板局部腐烂，原先的雕花也已模糊不清。只有大门正上方悬挂的黑底长方形匾牌刚刚漆过，上面四个鎏金大字"徐家老宅"，在阳光照射下金光闪闪，这才显示出老宅的过往和霸气。

宅子是徐欣然祖上留下来的，据老人说，这宅子是光绪年间兴建的。传到他这里是第六代还是第七代，徐欣然也说不清。他说已无从考证，也无心考证，反正老人这么说，这么口传心授，有也好无也好，就一代代往下传呗。

早先宅子里住着人，不知从什么时候开始，不再住人，改做了餐馆。改做餐馆这件事徐欣然在退休前的几年就听说了，当时乡下的四叔干不了农活，去城里打工又怕人家嫌岁数大，就收拾老宅子，搞起了农家乐。本来家底贫瘠，没有几个钱可投，再加上宅子四周道路泥泞，周边也就村民小组的几十户人家，来来往往的路人寥寥无几，生意一直做不起来。

农家乐就这样在风雨飘摇中将就凑合，满足没咸没淡要求的零星来客，没两年便烟熄火灭、关门歇业了。四叔卷铺盖随孩子搬到城里带孙子去了，宅子从此没了人气、烟火气，常年门窗紧闭，不通风不见阳光，地面墙面起了青苔，弥漫着刺鼻的霉味和尿臊味。

一切变化都是从徐欣然接手开始的。退休的前一年，徐欣然专程实地考察了一次。

当时四叔陪着他。四叔知道宅子是块宝，离宅子十几米处，好几百年的参天皂角古树也是块宝，两块宝珠联璧合，是祖上留给后人的无价之宝。占着这块风水宝地，四叔以为就可以财源滚滚，结果砸在了自己手上。不修缮，不来点特色，不四里八乡地吆喝，肉埋在糙米饭下面，宝也就不是宝了。现在，侄儿接手，他又怕落下金元宝，便宜了族人，所以一百个不情愿。四叔没钱不假，但徐欣然知道他这个四叔的德性，即使有也舍不得往里投，是个一点不愿付出，尽顾坐享其成，又还见不得人家好的主。

原来，四叔从城里跟来，无非是想在侄儿这里讨回一点损失，四叔添置的桌椅板凳、锅碗瓢盆，他自己要的都会拿走，不要的徐欣然自然会折算点给他。徐欣然当然明白，不会亏待四叔。

徐欣然让四叔跟来的目的，是让四叔帮忙修复塌陷的屋脊和屋檐四周局部腐烂的雕花木板。虽说四叔抠门，不善经营，却有一手描龙画凤的木工活好手艺，能尽最大可能还原出老宅原有的相貌，这才是徐欣然看中和想要的。

宅子里面的陈设也是经过家族在世最年长者的指点，屋梁的四根房梁上满满挂着四排腊货，鸡、鸭、鱼、肉各占一排，分门别类，整整齐齐，跟超市货柜里摆放的商品一个样子，一看就是老宅先人流传下来的习俗和规矩。一年四季腊货都会更换，不变的则是丰盈充足、清爽整洁、腊味飘香。徐欣然当然明白，黑底鎏金的"徐家老宅"四个大字不能只是摆设和炫耀，他不是靠这四个字来招揽生意的，这些都是外在的东西，最终还是要把内在的东西做好。

徐欣然也有自己的想法，厅堂和两侧包房地面保留着老屋盖建时铺下的红砖，这个不能动。红砖竖起来摆放成几何图案，连成片后的造型朴素大方。餐桌餐椅则是新配的红木家具，价格不菲。餐桌、餐椅虽然是新家什，却与绛红色地砖搭配协调，同时又透露出现代气息来。

厅堂后面的卫生间则经过时尚装修，敞亮整洁，没有一点农村厕所的惯常"味道"，就连洗手池上方水龙头里也接进了热水，徐欣然在细节上下足了功夫。

屋内陈设布置体现出久远的时代特色，大厅靠墙处竖着大立柜，立柜上半截双开门的两边，一边写着"共产党光荣永远"，一边写着"毛主席万福长寿"，下半截双开门的两边也各有一行字，"婚姻自由自主"和"夫妇团结同心"。

上半截说的是新中国成立初期的事，下半截却一下子打回到妇女闹翻身的年代。大立柜油漆斑驳，双开门上画着的不知道什么名字的褪了色的红绿色大花朵残缺败落，时空交错般地讲述着过去那段历史，散发出那个年代的乡土气息。只不过领袖早已作古，而妇女们也早已翻身解放，完全是扬眉吐气、当家做主了。

再看庭院。如果没有与山、水、石、竹林搭配的庭院，那么徐家老宅的沧桑感也就失色单调了很多。

老宅左边是一个小山坡，山坡上有一片茂密的竹林，宅子掩映其间，成为庭院的天然组成部分。竹林下面紧靠山坡的地方有个鹅卵石搭建的鱼池，鱼池里有假山，还放养着观赏鱼，四周则放满了盆栽植物。老宅三面围墙全部由鹅卵石砌成，通往老宅大门的路面也由鹅卵石铺成，路中央镶嵌有年头的石磨，石磨原有的凹槽已经被踩平磨光。老宅的右边则屹立着两棵松树。

这还不算，庭院出来还有更精彩的。一边是立着一块天然巨石，巨石上面刻有"竹篱茅舍自甘心"七个字。巨石的镌刻虽然是现代作品，却表现出徐欣然的生活态度和心境，这种生活态度和心境一定与老宅先人一脉相承。徐欣然相信自己的先人们，他们在过往年代里隐居山野，修身养性，淡泊人生，这种风尚就这样一代一代传承下来，而为人正直淳朴、做事诚信厚道的家风美德也同样沿袭下来。

另一边更是了得，那是一棵有着六百年历史的皂角树，历经沧桑依然高大挺拔。当地村民称这棵树为"皂角王"，被骆驼坳镇的村民奉为神树，是村民的精神支柱和图腾。春节已过去一个多月，"皂角王"粗壮的枝干上还挂满了大红灯笼和红丝带，红的、黄的丝带在和煦春风中来回摇摆。可以想象，每年骆驼坳镇的村民涌到神树前虔诚祈祷来年风调雨顺、五谷丰登的壮观场景。而每到清明节前后，这里又是另一番景象，缅怀先祖，吊唁逝去的亲人，温情而肃穆。

徐家老宅毗邻"皂角王"而建，足见当年在选址时就抢得先机，享尽风水，独占仙气。"皂角王"庇护着骆驼坳镇和他的子民，也庇护着徐家老宅，为其遮风挡雨，助其家风永续，生生不息。

老宅本身，以及围绕老宅的树、花、巨石、池塘、石磨浑然天成，精妙搭配，成为燕儿谷景区的景外景，是一个立体活广告。

徐欣然把可以用的都用足了。同行的小立，也就是上篇《一起下水》里的梅傲立赞叹说："徐欣然变了，变得不认得了。读书的时候他给我的印象是鲁莽、粗线条、缺乏计划。不过他'菜篮子'的做法还是没变，不管什么都'捡'，笃信装进篮子里的都是菜。安在他身上的绰号真是贴切。"

能够得到小立的称赞并不容易。小立专业搞路桥设计，看似和经营餐馆没有关系，但长期职业习惯，使他对环境的搭配、协调、色彩，以及所用材料特别敏感，有自己独到的见解，有大格局、大视野。

徐家老宅的这顿饭绝对是他吃过的农家乐里最有感觉的一顿，清一色的天然食材，加上大厨精心烹饪，"星耀班"一众大呼过瘾。餐桌上除了当地特色的肉糕、大别山吊锅、手工油面、天堂腊肉、汽水粑、晃子汤、鸭蛋酥、板栗腊味糯米饭、板栗土鸡汤等之外，还有结合武汉人喜好的传统菜品。这一切都是徐欣然精心安排的。

两年过去了，再看燕儿谷，不用任何文字描述，只看一组数据即可：燕儿谷的开发公司被认定为黄冈市农业产业化市级重点龙头企业；顺利通过了国家 3A 级景区创建验收；其核心景点所在地燕窝湾村被中华人民共和国文化和旅游部、国家乡村振兴局确定为全国旅游扶贫试点村。燕儿谷生态农庄被评为湖北省"十佳示范农庄"，是湖北省农业厅和旅游局认定的湖北省休闲农业示范点。燕儿谷陆续举办了"大别山茶梅节""大别山梅花节""大别山花朝节""大别山茶花节"等旅游节日，并力争创 4A 级景区，全力打造国家级休闲农业与乡村旅游示范项目。

燕儿谷百里森林康养步道按照山地马拉松赛道标准规划建设，以宋代摩崖石刻、太平天国古战场、虎母岩、梅岭、乡村工匠学校为节点，连点成线，贯通燕儿谷片区六个村及周边的卢家坳村，沿途建设小循环支线路、服务驿站、观景台、果蔬采摘园。该步道贯通景区各个特色节点、串点成珠，形成处处有风光、点点有特色、条条有区别的农旅新局面；联通燕儿谷片区六个村及周边的卢家坳村，实现了森林康养与休闲农业、乡村旅游、体育、人文的完美融合，成为拉动片区产业发展的火车头和大别山地区乡村振兴的标杆工程。

徐欣然购置了一辆进口"考斯特"商务车，用这辆车载着"星耀班"一众又来到燕儿谷。在老宅里稍事休息后，一行人去了燕儿谷的兰草岭。

很早就听说罗田盛产兰草，早些年在山上随处可以挖到，后来被玩家炒起来值钱了，挖的人多起来，植被遭到破坏，造成水土流失，为此，当地政府下令，禁止采挖。于是兰草就不再随处可以挖到了，好品种更不用说了。

从兰草岭返回徐家老宅，一下车小立就发现老宅竹林下面紧靠山坡的地方，摆放着几十盆兰草，上次来时还没有。

坐在庭院品着茶，看着一盆盆可人的兰草，小立打起主意来。他想：欣然从什么时候开始欣赏花草了？环视庭院一周，兰草的出现把老宅品位提高了一大截。看来欣然的品位也上了一个档次。生活在盛产兰草的地方，哪个家里还不藏着几盆这样的宝贝。或许是因为兰草在这个地方太普通太常见，一般村民没有把它当回事，随意栽在白色塑料盆里，日晒雨淋，塑料盆老化破碎，兰草也就东倒西歪跟韭菜一般，糟蹋得不成形，哪还是什么宝贝。

徐欣然却不同，花盆是清一色的紫砂盆，造型各异，品种繁多，可见他不仅仅爱上了盆景，而且已经到了高级玩家的程度。小立是个爱花爱得要命的人，看到这么多兰草，也顾不得犯夺人之爱的忌讳，直接开口找徐欣然讨要。

"挑吧，随便挑。"小立知道欣然不会拒绝。

小立也不客气，到竹林旁的坡下挑选了两盆喜欢的搬到老宅大门口，蹲下来反转着花盆仔细欣赏，完全被兰草高雅优美的形态迷住了。

或许是太过喜欢这盆兰草，也或许是担心欣然反悔，小立不等吃饭就早早把兰草塞进低矮闷热的汽车后备厢里，心想，与其让兰草受罪，总比让欣然反悔要回去的好。

"小立你也太小家子气了，这里兰草满山遍野，但大部分都不值几个钱。要找到名贵的，那就得靠缘了，我是从来没有碰到过，缘没到。"欣然说道。

徐家老宅里面的餐桌全部坐满，庭院里也是满满等待翻台的食客，生意好得应接不暇，徐欣然把"星耀班"同学开饭时间放在了最后。

徐欣然举杯敬酒，不说菜品，不提生意，专说兰草："有道是'室有兰花不炷香'，我就偏爱九节兰这个品种，花开最盛，香最怡人。我不是兰草真玩家，不是兰草发烧友，没见过蕙兰中名贵的隆昌素、荣梅、祥梅等，既然在罗田这地界满山遍野生长着九节兰，那就一定谈不上名贵。不过，名贵不名贵不要紧，要紧的是在不名贵中做最有气节、最淡雅、最幽香、最怒放的那一个。"

这么优雅有哲理的大段句子，从徐欣然口里说出来，把一桌子人都惊着了。小立心里想：这话若是出自胡松涛的口我信，若说是徐欣然讲出来的，我打死都不信；亏得涛子不在场，不然的话，不撞死也得羞死。这是经营徐家老宅的欣然吗，是学生时代的"菜篮子"吗？正疑惑时，进来一个人，递给徐欣然一本精致宣传册。经介绍，来人是燕儿谷景区开发有限公司董事长。

宣传册封面清晰地印着燕儿谷大门、六百年树龄的老皂角神树，再就是顶着黑底鎏金霸气"徐家老宅"四个字的老宅子。

徐欣然并没有满足于此，他向镇里申请了宅基地，准备扩大经营规模，再建一座徐家老宅。他这个老宅的六世孙（也可能是七世）要重现先祖的辉煌，并且发扬光大，以此告慰先祖。

在传统观念里，徐欣然这样的孩子不是好孩子。但他有幸在"星耀班"这个集体学习，在人生成长关键阶段，环境潜移默化地影响了他。在那个年代，没有学到知识是普遍现象，但做人要有原则有底线的班风，"星耀班"不缺。后来有人调侃说，"星耀班"走出来的人，即使坏，也坏不到哪里去。

那以后，徐家老宅就成为"星耀班"每年吃团圆饭的固定地方。每到小年，五湖四海，能来的都会聚拢过来。

背

负

本篇人物：夏洪涛、方汛——原"星耀班"学生，校羽毛球队主力双打。曾获市级校际中学生羽毛球对抗赛双打冠军。

引子

夏洪涛和方汛之间发生了很多事，这些事，远的有二十多年，近的也有好几年。随着时间的流逝，二十多年前的事两人渐渐淡忘了，但要冰释前嫌，重新做回朋友还不行，彼此心里的那道坎都过不去。但没有想到，因为几年前发生在祁老师和祁小倩身上的那件事，让他们又坐到了一起，心结也就此被打开了。

一、方汛和祁小倩

方汛清楚记得自己六十岁生日当天，准确地说应该是五十九岁，按男做虚岁的习俗，随大流凑整数，操办了一回寿宴。

当晚，方汛接到中学班主任穆老师的爱人祁老师打来的电话。祁老师说：尽管二三十年没有联系，但听说方汛在南科大工作，就从别的同学那里要了手机号。他说穆老师因脑梗不能行走，只能坐轮椅了。祁老师说有件事想让他帮忙，他女婿是个美国人，受聘南科大生科院兼职教授，因合同中薪资条款出了问题，希望方汛能从中沟通协调一下。有老师这层关系，能办不能办，方汛都满口答应下来。

他与祁老师约好第二天见面，但祁老师却没有来，来的是他的女儿祁小倩。小倩不是在美国吗，怎么会突然出现在这里？

方汛对她的印象还停留在她几岁的时候，那时候她扎着小马尾辫，打小就是个人来疯、话痨，总是一蹦一跳地出现在穆老师的办公室里。没有课的时候，穆老师会把她带到班里来玩，她就挨个"叔叔""阿姨"地叫个不停，还说这个阿姨长得好看，那个阿姨长得不好看。害得长得一般的女生不敢靠拢，长得着急的则退避三舍，顶在前面挤眉整衣的自然长得都是清秀高挑。小倩用肥肥的手指头，点兵点将，挨个夸奖，"这阿姨漂亮，这阿姨也漂亮"。

退避三舍躲在后面的人有的做鬼脸窃窃私语，说小倩这孩子不懂事，人小鬼大；有的说"童言无忌"这个成语真是扯淡，倒要看小倩倩长大是个什么模样；还有人怪她小小年纪为什么只说女生，不说男生。十七八岁的武汉姑娘伢们就这样背地里诅咒人起来，丝毫不逊大街上爆粗口的中年大妈，直白，泼辣，什么话都敢说。

高中毕业后，方汛就再没有见到过祁小倩。后来听说小倩的经历，知道她一直学习很好，是个学霸。浙大毕业后去美国攻读学位，拿到了普林斯顿大学的博士学位后，又进入斯坦福大学博士后科研流动站，其间，在生物医学研究方面颇有建树。博士后科研流动站出站后，她创办了一家人体 DNA 病理检测公司。后来嫁给了大学同班同学，一个高大帅气的美国小伙，跟着入了美国国籍。

祁小倩在美国生活了二十多年，还能够说一口地道的武汉话："方叔叔好，去梧桐雨么样？"做派没有一点武汉中年妇女泼辣市井的影子，儒雅、知性、得体。她装束合体干练，没有背挎包，而是夹着厚厚的文件夹，完全一副大学教授派头，一点当初"童言无忌"小姑娘的影子也找不着了。

当年躲在后面做着鬼脸窃窃私语，想要看小倩长大是个什么模样的阿姨们会气晕过去，一个个都只能怪自己有眼无珠。

对于小倩的学术成就，方汛也很吃惊。

看来小倩对南科大很熟。"梧桐雨"是一家校园内的咖啡厅，装修典雅浪漫，极具小资情调，是学校青年学子最喜欢光顾的地方之一。

"你怎么知道梧桐雨的？"方汛问。

"我先生受聘你们学校生科院，我常来这地方。"

"你约我来是为你先生的事吗？"

"是为我先生的事，但不是谈学校薪资合同的事，而是我和我先生共同的科研成果在省科技厅立项，在光谷生物城落户成立公司的事。"

电话里祁老师说的是薪资的事，而小倩说的是另一件事，看来父女俩事先没有统一好口径。也可能祁老师认为以薪资这个很人性化、关系个人自身利益的事情把方汛约出来理由更充分、更合适。老年知识分子万事不求人，不会为几斗米去托人找门路，但为了孩子，还是舍得放下身段，拉下老脸的。

而小倩不同，是干大事的，根本不屑于谈薪资的事，她只关心科研项目立项和光谷生物城落户的事，要在国内干一番大事业来，把她和她先生在美国创办的人体 DNA 病理检测公司多年的科研成果尽快推向国内，使其市场化，这才是她要达到的目的。

祁小倩极清晰有条理地把她想干的事说了一遍。方汛问："我能帮什么忙？"她说："我和我先生的科研成果落户光谷生物城会有一个项目立项评审的过程，如果能够通过评审，科研成果就能够在生物城落户。一旦落户就可以享受到很多优惠政策。另外，省政府科技部门将根据项目成熟度、行业领先度和市场前景，决定是否给予无偿资助。资助力度比较大，希望能够争取到。我打听到项目评审委员会里面有几个评委是南科大的，以你的关系和人脉，有没有可能事先和评委沟通一下？如果项目能够顺利通过评审，能不能再和科技厅沟通一下，争取到比较高的配套资金？"

这显然不是靠沟通能够解决的问题，一切取决于项目的成熟度和行业的领先性，得靠好的项目说话。方汛知道这事根本不可能办到，但他不想一口回绝小倩。回绝小倩就等于回绝老师。小倩托的事也就是老师托的事，老师托的事再难办，也要想办法去办。方汛只能说尽力去办这样的泛话，拍胸脯、夸海口，方汛是不会做的。

方汛想到班主任穆老师来："你妈妈现在还好吗？你爸爸不是说好

要来，怎么没来？"她说："两年前我妈妈突发脑梗，病情稳定后，留下后遗症，双腿失去知觉，现在靠坐轮椅走动。不过意识还清醒，就是表达比较困难，我爸爸要照顾妈妈，一刻也离不开。"

接着小倩又说："之所以选择把公司办在武汉，除了光谷生物城的优惠政策外，主要还是考虑能多腾点时间陪伴妈妈，毕竟快八十的人了，包括我先生选择受聘南科大也是出于这个考虑。"

武汉光谷生物城有着很高的定位：建设国际化专业园区，坚持自主创新，引进培育市场主体，推进资本和产业深度融合，优化综合发展环境，着力增强生物医药的核心竞争力，加速生物医学工程跨界融合，利用现代生物技术提升传统农业的辐射带动能力，超前布局精准诊疗，引进专业技术服务业，推动大数据、云计算和物联网与医疗健康的高速融合，是带动生物产业成为东湖高新区经济发展的"双引擎"之一。方汛在想，小倩和她先生的项目够这个水准吗？转而又想，以小倩普林斯顿博士、斯坦福博士后的金字招牌，她老公能够受聘国内"双一流"的南科大，足以说明夫妻俩学术水准不低，不应该怀疑。但他对小倩托关系找路子的市场运作方式又有些反感，在美国做市场也是这样的吗？因而他又开始质疑项目的含金量。

在湖滨花园酒店，方汛第一次见到了小倩的先生和她的两个孩子。她先生高高大大，一头卷发，皮肤发红，看上去像荷兰人的后裔，是移民美国的第二代或许第三代，也是一副做学问的大学教授的样子。两个混血孩子棕褐色的头发卷曲，蓝眼睛大大的，可爱漂亮。见到陌生人，两个孩子都怯怯地躲到了爸爸身后，这一点完全不像美国长大的孩子。

　　方汛来酒店是接祁小倩去光谷生物城参加项目评审答辩的。刚从车里出来就听到中英文交替还混杂着方言的训斥声，走近一看，原来是小倩正在斥责酒店的服务员。小倩手里拿着本美国护照，晃来晃去，嘴巴叽里咕噜，很生气的样子，好像是嫌服务员手脚太慢。身材高大的美籍荷兰人后裔直挺挺愣在一旁，不知眼前发生了什么事。两个蓝眼睛棕色卷毛小孩只顾着玩毛绒熊猫去了。

　　"怎么回事？"方汛上前问。

　　"办个退房手续就这么难？我跟她们说我有个重要会议不能迟到，她们不管，该怎样还是怎样，爱理不理的样子。"

　　"时间充足，不急。"方汛说。

　　小倩不依不饶，非要把服务员告到他们老板那里去不可。这个时候的小倩和"梧桐雨"里的知性小倩判若两人，倒有点小时候跟在穆老师屁股后面在教室里蹦蹦跳跳的人来疯、小话痨的影子，还特别有武汉姑娘伢的泼辣劲。浸透在骨子里面的东西，遇到极端情况的时候，一定会流淌出来。

二、夏洪涛和方汛

　　光谷生物城管委会大楼。方汛陪同小倩早早来到这里等候，车就停在大楼外的车道上。

　　生物城的规划布局早已完成，一座座造型别致、各具功能的楼房矗立在生物城里面。宽敞整洁的柏油马路把整个生物城串联起来，路两旁的树木花草栽种完毕，有的已经可以看到新绿，只是一些配套设施还在施工中。

按照项目评审答辩日程安排，小倩的项目安排在下午一点半进行。十二点刚过，方汛对小倩说先吃点东西，好有力气答辩。小倩没有心思吃饭，还在想着答辩的事，虽然她人生经历过数不清的大考，但紧张情绪还是一眼可以看出来。方汛说："还是要吃点，饿肚子不行，附近没有餐馆，开车出生物城，快去快回。"她说："安排好了，等下夏叔叔会送汉堡来。"

"夏叔叔？谁呀？"

"你同班同学夏洪涛呀。"

夏洪涛？夏叔叔，怎么会是他呢？

祁小倩这才告诉方汛，成立 DNA 检测公司前期有大量工作要做，办营业执照、租房、员工招聘等等，她就请夏叔叔来帮忙，公司正式成立后还准备聘请他做副总经理。

方汛被这个突如其来的消息搞得有点不知所措。他已经二十年没有见到夏洪涛了。

他们原本是发小，是同学，是生意合作伙伴，结果在开办公司的过程中因为意见分歧产生矛盾而闹翻了，严重到反目为仇、几近对簿公堂的地步。

马上就要见到夏洪涛，怎么面对他呢？场面一定会很尴尬。方汛在想：要不要在见到夏洪涛之前，把合作开公司的这段经历告诉小倩？

告诉吧，马上就要评审答辩，这会让她分心，且一句两句说不清楚。不告诉吧，以后可能会因为小倩公司的事经常见面，说不定还有可能在小倩的公司一起共事，小倩说过这样的话。方汛打内心不想再见到夏洪涛，更别说共事。

方汛还是决定暂时不说，等评审答辩完后再另找时间。

夏洪涛出现后，两人倒是并没有显得多么尴尬，夏洪涛好像事先知道方汛在这里等着汉堡，主动上前握手问候，说："老师托的事学生理应尽全力去办。还别说，我们是看着小倩长大的，当年的疯丫头，疯出了名堂，现在干大事有出息了。"从夏洪涛口气听出，他和小倩在一起筹备公司已经不是一天两天了。方汛附和道："那是，那是。"

这点，从称呼上也可以看出，小倩当着方汛的面称呼夏洪涛为"夏叔叔"，而两人单独在一块儿时就直接叫他老夏。方汛和小倩的关系还没有熟悉到称"老"的份上，还有一定距离。

自打接到祁老师的电话之后，方汛还是第一次主动给小倩打电话，他们约在梧桐雨见面。方汛要趁和小倩还有距离，还称自己叔叔，不敢叫老方，而自己又没有陷入小倩公司很深的时候，在这个浪漫的地方，讲述他和夏洪涛之间曾经发生的一点也不浪漫、只有痛心、只有伤害的过往。来之前，方汛想过，夏洪涛会不会已经把两人之间这段经历告诉了小倩，但转念又想，夏洪涛讲是夏洪涛的事，我讲是我的事。

从夏洪涛和方汛两人的名字很容易判断出他们的出生年代，20 世纪 50 年代武汉发大水那年，夏洪涛和方汛出生在螃蟹岬。两个娃娃一出生就成为邻居，后来小学、中学都在同一个班上，一同上学一同放学，好得像一个人似的。中学快要毕业的时候，方汛的父亲下放去了五七干校，全家一起跟随去了。在五七干校待了四年，方汛父亲被落实政策，一家又回到了这座城市，但两家不再是邻居了，夏洪涛还住武昌，方汛家则迁到了汉阳，夏洪涛始终没联系上方汛。等到再见面，已经过去了二十年。二十年间他们各自成家，有了孩子，各有各的工作，也就顾不上去联系了。那时年轻，用励志的话讲，叫"忙事业为理想而奋斗"，叫"我的青春我做主"。

夏洪涛和方汛频繁接触并且成为生意合伙人，已经是高中毕业二十年后的事情了。

是夏洪涛先联系上方汛的。夏洪涛开着一辆桑塔纳，这在当时可以算是豪车了。手机也是稀罕物，他不像一些爱炫耀摆谱的人那样，有事无事把手机贴在耳朵上不停地"喂喂王总刘总"地大声叫唤，而是放在包里面，悄无声息。这点和中学时代的性格一样，还是没变。

"我已经从市建委辞职了，条件是建委给我批了一个从事基础工程的资质证。这个资质证很难拿，有了这个资质何愁赚不到钱？我们合资成立一家基础工程公司吧。我有项目来源，有业内资源，你有多年经商经验和人脉，再找几个行业内知名专家参股，作为股东进来，你看怎么样？"夏洪涛一口气说出了他的想法。

方汛压根没去认真听，想都没想就同意了。一开始，方汛根本不管专家不专家、股东不股东，甚至连公司未来是个什么样、发展前景怎么样都没去想，他只认夏洪涛这个人。和夏洪涛在一起就行，哪怕一分钱不赚也没关系。真到了公司筹备阶段，往里投钱的时候，方汛才清醒慎重起来。

这时的夏洪涛和方汛都已到不惑之年。人到中年，理智取代了激情，不再一腔热血为理想而奋斗，而是面对现实，脚踏实地，有活干活，有钱赚钱。没有再需要做主的青春，只有日复一日为使企业能够活得更长久而拼命地奔波。

起步总是很难，刚开始时，两人放下各自原来公司的事，把精力都放到合资的公司上来。公司开办前，夏洪涛说好有项目来源的，可是半年过去了却没有接到一个项目，股东投进去的钱，因前期开办费、房屋租赁、设备购置、后期人员工资等等，已耗得差不多了。在开不了源的情况下，只好从节流方面去想办法，方汛提出了决策权和经营权分离的意见，即，所有股东停发工资，保留经营人员的薪酬。这个意见得到大多数股东支持，却遭到夏洪涛反对，他认为这是冲他来的。

方汛确实没有考虑周全，原来股东里面除夏洪涛外都在原单位有工资，这个提议无疑断了夏洪涛的生活来源。但鉴于当时的特殊情况，这样做也是迫不得已。现在回想起来，方汛还是很自责，觉得对不住发小。

令方汛没有想到的是，停发工资这件事，不仅为日后两人关系的彻底破裂埋下了伏笔，更严重的是，还直接导致了一年后的公司清算。

既然没有薪酬，作为公司发起人和股东的夏洪涛不再关心公司的事，也不承接项目，到后来干脆不来上班了。在公司最困难的时候，为了公司，方汛已经顾不了情感纠结，唯有一搏，他一个人顶起了公司。

公司承接到的第一个项目是"现代花园"二期商居楼基础工程。

这个施工不到两个月的工程赚到了一百万，公司一下子摆脱了困境。如果按照这个速度进行，公司应该可以很快发展起来，可是到了来年，当公司营业执照和资质年检的时候，夏洪涛却拒不去办理年检手续，这下断了公司后路，要了公司的命。

这件事直接导致方汛和夏洪涛这对从小一起玩耍、一起上学、一起长大的兄弟彻底分手，情断义绝。

无奈之下，方汛把公司赚到的钱用来填补亏损后，按股东出资比例进行了清算，去税务局补缴了税款，又去工商局注销了公司，把这一切手续办完后，还剩下最后一件事。方汛要择吉日亲手把公司的牌子摘掉。

所谓吉日，同时又是忌日，因为公司成立一周年也是公司倒闭的日子。短命公司完全是因为人为因素给毁掉的，同时毁掉的还有和夏洪涛半辈子的关系，因此，方汛不想把摘牌这件事草草做掉，想让它有仪式感，有悲情色彩。

这是个乌云密布、细雨霏霏的日子，方汛独自一人，站在公司牌子前。他先是用手擦去上面的尘垢，然后手撑着，头靠在牌子上陷入沉思。方汛在想：牌子摘下来后，是就地砸掉，还是保存起来？起先他想砸掉，让过去的一切随同碎木块一起烧掉或者腐烂。但又一想，还是保留下来吧，算是这段经历的见证，是个念想。做事不要做绝，得留一手，还有后半辈子得过。他和夏洪涛在这件事上没有谁对谁错，从内心来说，方汛还埋藏着希望，盼望着有和夏洪涛重归于好的那天。到那时，两人一起把牌子砸烂烧掉，破旧立新，重新做回朋友。

二十年为一个轮回。从方汛随家人去五七干校和夏洪涛分别、天各一方算起，到成年后再次见面用了二十年的时间。见面后合伙做生意，很快因矛盾纠纷分手，从此两人情断义绝，又是一个二十年。

对于这段刻骨铭心的情感纠葛，说记恨不是记恨，说不是记恨而要把它忘掉又很难。

祁小倩安静地听方汛把故事讲完，说出了早已准备好的话："方叔叔，我想聘请您做公司总经理，哪怕兼职，不知您愿不愿意？"

"我刚才讲了半天和夏洪涛的关系，我做总经理，他副总经理，亏你想得出来？能不能来是一回事，真来了，和夏洪涛怎么共事？"

"你做总经理，当然不能让老夏做副总经理，我已经有考虑，等武汉公司筹备完，正式成立后，就安排他去成都筹备另一家公司。"小倩有备而来，她的冷静和她对未来公司的把控能力，令身为长辈的方叔叔大吃一惊。

虽然小倩的话带着诚意，但对小倩作出的如此安排，方汛还是感到十分意外，他不假思索地回绝了，并且说出了他内心不情愿说的话："我能帮的就是这些，也就到此为止了，对不住你，还有你爸妈了，祝一切顺利。"

三、祁小倩和夏洪涛

一个月后，小倩的 DNA 病理检测公司在光谷生物城正式挂牌。小倩的爸爸，也就是祁老师，出任公司董事长，夏洪涛担任副总经理。

又一个月，科技厅的三百万科技启动资金打到小倩公司账上。方汛觉得自己尽力做了所能做的一切，对得起祁老师，对得起轮椅上的穆老师，也对得起小倩了。

挂牌仪式简朴而隆重，当地主管领导都到场祝贺。方汛没有参加，当天他飞去了美国纽约。他要在这里待半年，做家务带孙子，放松心情，享受天伦之乐，卸下工作，把所有的繁杂抛到脑后。

半年很快过去，方汛收拾行李准备回国了。他知道小倩在美国，还知道小倩处理完美国公司的事后要返回国内，并且将和自己坐同一个航班。

美国纽瓦克自由国际机场。方汛每次进出美国都是从这里走，而小倩，其实没有必要这样走，她完全可以从纽约的肯尼迪国际机场或是拉瓜迪亚机场去往各地，但她这次却舍近求远选择了纽瓦克。也许，小倩和方汛有着同样的想法。

在安检入口，方汛见到两个小孩在人群中穿梭打闹着冲了过来。棕色卷发、蓝眼睛，混血儿极可爱漂亮。

"这不是小倩的孩子吗？"正是，但和在中国见到的怯生生的样子完全不同了。身材高大的美籍荷兰人后裔跟在后面。方汛想：小倩是一家人去中国呢，还是她一个人？方汛离开了长长的等待安检的队伍，躲到了一边。

候机厅，播音里传出中文声音，温柔却很讨厌。方汛乘坐航班的登机口来来回回换了几次，而且巧得很，总是等方汛赶到，就传出更换登机口的播音，搞得他更加烦躁不安。刚才才与在美国的家人道别，还沉浸在伤感之中，又被机场一通折腾，方汛干脆不走了，他走进了一家韩国店铺，要了碗拌面。

方汛特意多要了点番茄酱和辣椒酱，使得拌面不那么干，有了汁水，味道也足了很多，红红润润的看上去有点像武汉的热干面。方汛知道没有芝麻酱就不能算热干面，但这是在遥远的美国，有这个样子已经不错了。他欠那一口，等不得了，迫不及待要找到武汉街边过早的感觉。

方汛胡乱吃着，心不在焉，眼睛到处游离。每次来美国都这样，一方面心里急着回国，家里有一大摊子事等着；另一方面又舍不得离开孙女，每次分别都会伤感落泪。这里是美国，不像在国内，想去就可以去，这次走了，不知道下次再来会是什么时候。

但这次不同，有小倩同机，会冲淡一些思念。他眼睛基本还是盯着门外，等待小倩经过。

突然传来中文声音："来来回回快被搞疯了，什么破机场，还纽约后花园？"小倩愤怒地扯着嗓子进到店铺。不知是小倩早已看到了方汛故意这样做，还是的确被延误激怒了才发泄一通。小倩英语那么好，为什么要用中文？这种发泄只有用中文才能这么畅快淋漓地表达，就像拌面里加了过量的辣椒酱，劲足又张狂。

终于登机了，方汛在经济舱，小倩在商务舱。小倩执意要为方汛升舱，但方汛拒绝了，理由很简单，不想平白无故让小倩花差不多两倍于经济舱的钱。方汛出得起这个钱，但一向勤俭的方汛不想花这个冤枉钱。小倩当然没有想让方汛尴尬的意思，她早就想感谢他，但一直没有找到机会。本来小倩感谢方汛是情理中的事，方汛为自己帮了那么多的忙，根本不需要找理由。她知道他不缺钱，而且看在自己父母是他老师的份上，他也不会接受感谢。升舱这件事做得就很巧妙，自然而然，一点不刻意，在一个合适的地点以合适的方式，恰到好处地还了一份情。

当温柔的空姐俯身站在方汛座位前请他到商务舱去的时候，他还是依了。方汛很绅士地站起来，没有感觉小倩为自己付费升舱而掉价，也没有因为可以使疲惫的长途飞行得到缓解而窃喜。他知道小倩的意图，既然已经为自己办理了升舱手续，钱已经付了，也就不再坚持，欣然接受了这份谢意。

方汛拖着行李箱来到商务舱，他的座位和小倩座位挨着，座位间距明显比经济舱要宽。这么近距离和小倩挨着坐，方汛觉得有点意思，在万米高空要经过十四个小时持续飞行，这段时间里足可以谋划一件惊天大案，谈妥一个合作项目，制定一个公司开张计划，等等。而方汛想用这段时间来了解小倩公司的营运情况，时间足够了。

"怎么没见你先生、孩子呢？"方汛坐下来好几分钟才去问小倩。方汛走进商务舱就意识到这个问题，但没好意思急着问，想等等看，让小倩的先生和她的孩子自己现身。他猜想他们会不会进了头等舱，如果真在头等舱，那自己就真有点尴尬。方汛的虚荣心上来了，刚刚已经在小倩面前穷酸了一次，不想再一次穷酸了。

"他们不回中国，我先生带孩子搭乘美联航班机去夏威夷度假去了。"

"候机的时候不是还见到他们的？"

"那是来送我，他们是稍后的航班。"

方汛的虚荣心瞬间消失殆尽，接着，他下意识地向机头方向看了下，那里是头等舱。然后扭过身向机尾方向看去，那里就是原先自己坐的经济舱。现在坐在飞机的中段，处在物体平衡点上；找到了物体平衡点，同时也就找到了心理平衡点，方汛很是心安。而让方汛没有想到的是，这种平衡在接下来和小倩的长谈中被打破了。

"知道我先生为什么不和我同机回国，而是带孩子去夏威夷吗？"

"那哪知道，美国人去度假不是很正常吗？"

"放在平时很正常，这次却不正常。你知道夏洪涛干出什么事吗？夏洪涛放出狠话要我当心两个孩子的小命。我哪还敢让孩子回国，只好让先生带去旅游了。"

小倩这番话耸人听闻，但她说这番话时表情很严肃，一点不像开玩笑，这让方汛摸不着头脑了："夏洪涛怎么了？"

"夏洪涛还是原来的夏洪涛吗？完全变了个人，明明是他毫无责任心，造成工作失误，反倒指责人家不配合，一两句话不合就斗狠撂挑子。最不可理喻的是，年终因为报销和奖金的事，他大闹董事会，居然来黑社会威胁恐吓那一套，揪着董事长衣领，也就是祁老师，我父亲，咆哮着要立刻发放年终奖金。他扬言：如果不兑现的话，不好意思，麻烦把两个小外孙看好喽！"

小倩怒不可遏，边用咖啡搅拌棍使劲戳小桌板上的咖啡杯，边说："不要说是我母亲的学生，也不要说是公司员工了，就是生意场上不认识的人，不是极端情况也绝不会做出这样的事。何况我们是家新高科技企业，员工都是高学历、受过良好教育的精英才俊，怎么会做出威胁恐吓、动刀动枪这样下三滥的事来呢？看他说那话，简直和黑社会一个腔调。"

方汛一下明白过来，小倩舍近求远，放弃纽约肯尼迪国际机场和拉瓜迪亚机场，而走纽瓦克自由国际机场，原来是想和自己同机好有时间谈这事呀。小倩是因为跨国生意日理万机，不想把时间浪费在飞机上，而把她认为特别重要的事情放在万米高空，这样会留下深刻印象。

坐在一旁的方汛，打死也不相信夏洪涛会偏执到做这种极端出格的事来。以方汛对夏洪涛秉性的了解，在愤怒的情况下，怒闯董事会倒是有可能，但揪董事长的衣领绝不可能，何况还是自己老师的老伴，这更不可能。但看到小倩的表情，又不相信她会不顾事实无端去编瞎话，往死里抹黑夏洪涛。

仔细去想，方汛心里产生了很多疑惑，他决定耐心去听小倩述说，不插话，不做任何评价，不表明自己的观点。在万米高空的云雾间穿行，在漫长枯燥的飞行途中，能够听到新鲜而又刺激的消息，时间就好打发多了。

以方汛这个年纪，也算见过世面、有阅历的人了，当然不会为激烈言辞所左右。他在思索判断，希望能够从小倩的谈话中，哪怕只言片语中，找出破绽，找出夏洪涛这样做的合理性。

方汛知道夏洪涛对老师家人这样的举动后果会是怎样，一旦消息传出去，对与不对都是夏洪涛的错。如果背负背叛老师的恶名，势必为全班同学所不齿，他将不可能再在班集体里待着。

餐车过来了，送餐的是个黑人大妈。黑人大妈用可以听明白的中文吆喝，中餐二选一，盒装是米饭，锡纸包的是汉堡，都配有浓汤。方汛要了米饭，小倩则要了汉堡。

方汛问小倩："还没吃腻？"

小倩回方汛："习惯了，省事省时间。"

方汛边吃边在心里盘算，从道义上讲，方汛希望小倩讲的是事实。方汛承认自己有私心，和夏洪涛合伙办公司之间产生的过节，在相当范围都搞得沸沸扬扬，说什么的都有。最极端的说法是，方、夏的合作为今后同学之间再合伙做生意起到一个负面作用，可以视作反面教材，影响长远而深刻。这个归纳准确而符合实际。

在方、夏合作这件事上，表面上看虽没有人在乎他们之间谁对谁错，但实际上，在同学中间是有评价的。如果夏洪涛和老师之间发生的事是真实的，无疑使方汛处在了一个有利位置。时间虽然过去很久，但重新翻出来，重新去认识、去评价，必然会和当年有很大的不同。所谓不同，是指道义上的不同。这件事会在道义上给方汛大大加分，而夏洪涛则减分不少。结果会是以前倒向夏洪涛的同学，现在掉过头来全部倒向方汛。

人争来争去为什么呢？无非争个清白，争个好名声。

一股气流袭来，飞机剧烈颠簸，打破了平衡。小桌板上的浓汤打翻在地，泼洒方汛一身，也溅到了小倩身上，方汛起身边拍打衣裤，边给小倩递纸巾。见黑人大妈过来，方汛说还想要杯浓汤。黑人大妈说，浓汤可不行；茶、可乐、咖啡、橙汁可以。

方汛在心里诅咒黑人大妈，说得蛮溜的，要的不给，不要的废话一大堆。美国人死板，讲原则，不灵活通融。其实方汛也不是非浓汤不可，茶水饮料也不是不行。他要了一杯可乐，饭就容易下肚了，即使一顿简单的午餐，方汛也希望干稀搭配，找到平衡。在他看来，在飞机上吃饭不过走个形式，他把心思花在找平衡上了。

一旁的小倩还在啃汉堡，看上去吞咽有些困难，小桌板上的浓汤太黏稠，显然和汉堡不搭，不搭就是不平衡。方汛找黑人大妈又要了一杯可乐，加冰的，递给小倩。小倩一大口下去，再吃汉堡就顺畅了。加冰可乐才是汉堡的绝配，才达到了平衡。

而眼下最大的平衡是飞机的平衡，这关乎整机乘客的性命。生活中平衡无时无处不在。

机舱照明换成柔和的夜间续航模式，方汛和小倩放下躺椅开始睡觉。方汛还陷在平衡里面。说来，吃了睡，其实也是一种平衡。

接着，他又想到升舱的事来。商务舱座位宽敞，间距大，腰可转，腿可伸，就是舒服。钱这个东西真是好东西，失衡的时候，它可以给找回来，是砝码，是秤砣，是度量衡。缺钱的时候，整个世界都颠倒过来了。方汛不知足，好了还想好，进一步想象头等舱的更高级的舒服。这就不是在找平衡了，而是觉得心里不平衡，是在找不痛快，找不自在。

一觉醒来，空中时间已经过去一大半，方汛去了趟洗手间，然后在稍微宽敞的机舱尾部，伸了几下懒腰，踢了几下腿，又回到座位。

"夏洪涛真揪祁老师衣领了？他怎么会说出黑社会那种下三滥的

话来?"方汛想了很久才这样问小倩。一方面怕小倩误解,一方面想进一步得到确认。

"你是怀疑,不相信?"

"不,不,只是太过极端,太过极端,难以置信。"

"我父亲告诉我这事的时候,浑身颤抖。他不是怕自己的老命,是怕两个外孙的小命。我妈妈说不了话,但意识是清醒的,当时就捶胸顿足,差不多要从轮椅上蹦起来,比初发病时的情况严重得多,我们都以为这下过不去了呢。"

合作伙伴一起做生意,冲突严重到以命相搏的地步,可想有多么糟糕和可怕,这个生意还怎么做?方汛也就不想往下问了。

方汛已经不怀疑事情的真实性了,他转而去想这件事的缘由。但这从何去想呢?自己仅仅参与了小倩公司前期一小部分筹备工作,自从在光谷生物城管委会大楼见到夏洪涛后,就再没插手任何事情,连受邀参加公司开业庆典都没去,也就不会再关心小倩的事情,更不会关注夏洪涛了。既然这样,在公司成立之后,夏洪涛与祁老师和小倩之间究竟发生了什么事也就无从知晓了。

眼下要寻找答案,只能是在小倩身上。小倩在美国待得时间长,又长期在高校科研机构工作,回国开办公司,很可能对国内市场不了解;即使生活在美国,她也未必了解美国市场。

虽说祁老师是公司董事长,但很显然只是个虚位,挂个名而已。祁老师已经年近八旬,一辈子当中学老师,崇尚教书育人,哪里懂得生意之道,又哪里看得起生意人。况且还得照顾轮椅上的妻子,怎么离得开家，脱得了身？

明摆着公司决策权和经营权都是由小倩掌控，她是实际的董事长兼总经理，夏洪涛只是公司副总经理，一切得听命于小倩。从年龄上讲，刚接触的时候，小倩"夏叔叔、夏叔叔"地叫着夏洪涛，同样也是"方叔叔、方叔叔"地叫着方汛，谦恭而有礼貌，但是工作起来则是另一回事，小倩的脾气上来，一定不再温柔喊着"叔叔"，而换成使唤口吻，直呼"夏洪涛"，一副颐指气使的样子。

方汛在酒店见到过小倩斥责酒店服务员的样子，不就是服务员动作慢了点，怠慢了这位美籍华人嘛。她居然可以在酒店大堂举着美国护照在头顶乱晃叫嚷。小倩自认为是一个"常春藤"名校的博士，美籍华人，其科研成果如何如何领先世界行业，本人学术成就在美国业内的影响力如何如何大，等等，还有这一大堆恐怖头衔。这样的恐怖头衔让她有资格见她想要见的任何人。以这样"高大上"的身份高调入驻高新开发区生物城，受到高规格重视和关照是一定的。自身熠熠生辉的光环加上周边人赞美羡慕的眼光，同时又是当地高层官员的座上宾，这一切都使得小倩飘飘然，自觉不自觉地会看不起身边的一切，不把身边的人当回事。

从公司业务上讲，DNA 科技太专业了，夏洪涛一个外行，什么也做不了。他能做的只能是些行政工作，迎来送往、请客送礼、沟通协调之类的事务性工作。公司筹备期间跑各种审批手续，需要夏洪涛，等公司成立开始运转起来，夏洪涛就起不了什么作用了；招聘文职、后勤员工还可以，招聘专业技术人员就没有办法去做；至于公司的管理办法、薪酬、考核，更不知从何下手。

　　说到公司运作模式和经营理念，小倩自有适合自己公司的一套管理办法。夏洪涛在小倩公司只是个副总，但毕竟曾在国企、私企当过董事长、总经理，也曾是决策拍板、决定企业生死的当家人。要不是后来公司走下坡路，要不是看在穆老师、祁老师的份上，夏洪涛也不会屈就去在晚辈小倩手下，也不会放弃驾轻就熟的传统行业，去自己一窍不通的高新技术企业受这个罪，被人训斥。

　　合作共事的双方如果互不相让，互不理解，必然会相互排斥，产生矛盾，甚至会发生冲突。

　　这么一想，方汛思路清晰了很多，觉得不能单方面听小倩说，而也要听夏洪涛怎么说。但怎么才能听夏洪涛说呢？不要说他不想见夏洪涛了，即使想见又怎么见呢？方汛也不想低这个头，何况这事和自己没有关系，何必去挑事？

　　机舱照明全部点亮，乘客从沉睡中苏醒，眼睛被光亮刺得睁不开来，手脚麻木不听使唤。已经在空中飞行了十多个小时，不知道是白天还是晚上，每个人都疲惫到了极限。看到还有一个多小时就要降落，苏醒过来的乘客很快精神振奋起来，跟打了强心针似的。

　　黑人大妈推着餐车过来了，她还是用可以听明白的蹩脚中文吆喝，早餐有餐包配面条和餐包配牛奶煎蛋两种。方汛要了餐包面条，小倩要了餐包煎蛋。

　　"一个人的饮食习惯形成了，就这么难改，你早餐也西化了？"方汛问小倩。

"我也想吃热干面，再配甜米酒，得有呀。"

提到热干面，方汛没有了食欲，看到餐盒里冒着热气的面条，已经黏成坨，更加吃不下去了，想将就都不行。

就这么一路想着平衡：飞机飞行的平衡，座舱等级的平衡，餐食的平衡，人与人之间的平衡，世间万物的平衡。而独独在夏洪涛这里失衡了。这趟漫长的飞行，使他有足够时间从这些刺激的信息中去分析判断事情的真伪，使得原本难熬的时间变得好打发得多了。

转机。又是两个多小时，抵达武汉天河机场后，方汛和小倩就此别过。临别时小倩问方汛："我们什么时候再见面，有时间去我公司看看吧。"方汛回："等你电话，一定去公司拜访。"

方汛嘴上这么说，心里却并不急着去小倩公司，而是想怎么能够尽快见到夏洪涛。并且一定要在去小倩公司前见到夏洪涛。方汛有足够把握能把夏洪涛约出来，理由很简单，他不相信一个没有干"欺师灭祖"事情的人，会不想站出来澄清事实真相，而愿意独自背黑锅的。他如果真干了"欺师灭祖"的事情，总应该找个可以倾诉的人来倾诉吧？方汛自认为是夏洪涛可以倾诉的不二人选。尽管两人之间有很深的过节，但在这件事上，唯独方汛了解全过程，了解双方当事人，特别是夏洪涛的秉性和办事风格，因而可以理智地作出全面而不带偏见的判断。

一个人如果内心背负太多的东西，而又没有一个可以宣泄的渠道，时间久了，会被压抑得精神崩溃。方汛不相信夏洪涛扛得过去。刚听小倩说这事时，他还从所谓道义上去想自己从这件事中得到的好处，这很不够朋友，很不仗义，也很不厚道。现在他彻底放弃了这种想法，他唯一想的是让夏洪涛尽快从中脱离出来，他不想看到夏洪涛精神崩溃。

四、方汛、夏洪涛和祁老师

回到武汉的第二天，他就接到了祁老师电话，这并不出方汛的意料。他事先有考虑，在见夏洪涛之前不会见祁老师和穆老师。方汛害怕在老师面前情感上受不了，自乱阵脚，早早投降，没搞清缘由便败下阵来。于是，他想了很充分的理由，礼貌地回绝了。

但让方汛没有想到的是，他还没见到夏洪涛，却发现夏洪涛已经被无情地踢出了班级群。什么时候踢出去的呢？这意味着夏洪涛和老师这件事全班都知道了，这是怎么传出去的呢？方汛不能再等了，急切地拨通了夏洪涛的手机。

一切都在方汛预料之中，夏洪涛显得比方汛更加急于想见面，夏洪涛在电话里就订好了见面时间和餐厅。

二十多年来，两人第一次单独面对面，相互对视着没有一点尴尬，甚至没有陌生感，都知道对方要说什么，但他们不说，都等着对方先开口。就在这缄默的短暂过程里，他们彼此感觉到以前的关系还在，并且不需要费多大劲儿就可以找回来，甚至不需要做更多修复。这种感觉可以这样描述：好朋友之间可以互相往死里诋毁，也可以挥拳踢腿，但绝不允许第三人攻击其中一人，讲他坏话；即使是好朋友的过错也不行。

这又很像校友之间一天可以骂八遍自己的学校，但容不得非校友一句不恭敬的言辞。如此说来，相对外人而言，真正的好朋友是没有对错的。共进退，共风雨，两肋插刀，讲的就是好朋友之间最高级别的关系。

此时，方汛的情感在不知不觉中倒向了夏洪涛。

夏洪涛的精神状态比方汛想象得好很多，他穿了件红色 T 恤，把领子竖起来，显得干练，比较酷。平时他就喜欢穿立领衣服，秋冬时节的外套都是，他说这样显得深沉刚毅；还说，有时谈大项目，信心不足，怕露怯，就用立领遮挡小半脸面，可以缓解情绪，稳住阵脚，起到心理暗示作用。夏洪涛还是二十多年前的夏洪涛，至少外观服饰上是这样。

"我是从小倩那里知道这件事的，我约你来，是想听你怎么说，再做出我的判断，但我不会去下结论，而会把判断和结论放在心里。"方汛先表明了自己的态度。

"你见到祁老师了？"夏洪涛带着疑心问道。

"没呢。"

"那你应该先见祁老师。"

"我不会见的，见过你以后，也不会去见。"

"这我就不明白了，祁老师是当事人，你想搞清楚这件事的来龙去脉，不见当事人怎么行？你是不是认为有小倩说的就够了？"

"差不多是这样，在飞机上听小倩说了快十个小时，你说够不够？"

"你是想兼听则明，祁小倩说了十个小时，一定把我描绘成了恶魔。今天我一句不说，让文字和数据说话，不听只看，也明。"

夏洪涛把椅子挪到方汛身边，两人这么紧挨坐着，近得可以感受到彼此心脏的剧烈跳动。夏洪涛打开便携电脑，调出各种会议记录、谈话记录让方汛看。方汛根本看不进去，只看标题不看内容。夏洪涛又进到 QQ，调出聊天记录，长串长串翻不到头的聊天记录，文字简洁，表述清晰，一看就明白。从开始的和风细雨、客客气气，到横眉冷对、恶语相加不过几个月的时间，矛盾的产生、发展、升级，看得让人心绞痛。

这还不算，夏洪涛又拿出一沓报销单据，一脸委屈，怒气冲天，重重摔在桌上："你看，十几万的开办费用压在我这里不给报销，说我不请示自作主张。"

"这哪看得懂，不看了。"方汛看完聊天记录就已经明白了八九，也就不关心报不报销了；再说，不报销又能说明什么问题？

一餐饭吃下来，夏洪涛只字不提和祁老师的事情经过，也不讲和小倩工作中发生的事，甚至极少提小倩的名字，偶尔提到也是带出姓来，而说到工作，只是说公司如何如何。他这是怀恨到极点，不愿再提及，但还是对事不对人，以显示这个当叔叔的大人有大量，方汛当然清楚夏洪涛的意思。

"我们不要再谈这件事本身了，收起你这些起不到任何作用的报销单据，废纸般的证明材料，你晓不晓得你将面对的是什么吗？"

"晓得，那又怎样？你是不是不相信我的这些纸质材料？"

"相信怎样，不相信又怎样？我相不相信不重要，重要的是全班同学没一个会相信。你知不知道同学们怎么咒你？他们都说你疯了，说你丧失了做人的道德底线。"

"由同学咒去，反正也不在微信群了，看不见，听不到，爱怎么说就怎么说。"

方汛不再纠缠在夏洪涛与祁老师和祁小倩之间是非对错之中。无疑，夏洪涛也知道自己已经跌落到了谷底，早已做了最坏打算，也就无所谓同学深一句浅一句了。

祁老师没有错吗？作为老师是一回事，作为生意合伙人则是另一回事。把所有责任推到夏洪涛一个人身上，这对夏洪涛不公平。在这件事上，老师是长辈，是强势一方，学生是晚辈，是弱势一方，在都有错的情况下，无疑所有人会对夏洪涛进行指责攻击，没有谁会去指责老师。

夏洪涛肯定存在自身问题，但这个问题相对于他今后所要承受的精神压力来说，根本算不上什么。关键在于，他必须把祁老师、祁小倩本应该承担的责任，一起背到自己身上，全部承担下来。而且，他没有一个可以讲理的地方。他在承受精神压力的同时，还要承受憋屈。

以前，方、夏合作被视作反面教材，为今后同学之间合伙做生意起到了一个负面作用，影响长远而深刻。那么祁、夏合作，无疑也为今后师生之间合作起到了一个负面作用，成为典型反面教材，影响更长远、更深刻。

祁老师快八十了，夏洪涛也已经退休多年，要活到祁老师这个年纪，还有一二十年时间，这对夏洪涛来说是个煎熬。夏洪涛一直有个想法，等老师走后，找个合适的场合把曾经的来龙去脉当着全班同学的面讲出来，要在自己走之前摆脱精神折磨，不要让憋屈和不明不白跟随自己老去，带进棺材里，这个想法很坚定，也很幼稚。

人在想不出办法的时候，总会横下心，往极端去，做最后的抗争。

祁老师身体硬朗得很，一套陈氏24式太极打起来虎虎生威，和年轻的夏同学比，哪个走在前头还真不好说。但祁老师的老伴穆老师却没那个福气。穆老师才是"星耀班"真正的班主任，她见证了自己学生的所作所为。轮椅上的穆老师意识很清醒，行动却不自由，她有自己的想法，却无法表达出来，急火攻心，只能眼睁睁看着，任其发展。

穆老师没能撑过那年的冬天，她身上包裹着厚厚的衣服，仰靠在轮椅上，带着对爱女的怜爱和对学生的憎恨，一声不响地走了。

在穆老师的追思会上，方汛见到了祁老师，还有祁小倩。

或许祁老师太过悲伤，抑或是祁老师需要保持长辈尊严，见到方汛时和见到其他同学一样，没有特别的不同，一切都符合追思会的氛围。但方汛还是感到了一丝异样，这一丝异样让方汛感到不安，感到自己对不住祁老师，更对不住过世的穆老师。方汛责备自己，为什么不早点去祁老师家，如果去了，虽然对祁老师未必有帮助，但对病中的穆老师肯定有好处，可这已经无法弥补了。

五、祁老师和祁小倩

据统计，光谷生物城聚集了各类生物企业 1000 余家，其中世界

500 强 8 家, 国内上市公司 32 家 ; 还有 433 个海内外高层次创业团队。2016 年全年产业总收入突破 1000 亿元, 年均增长率保持在 30% 以上。在科技部 2014 年中国生物医药园区调研报告中, 东湖高新区生物产业综合实力位列全国 108 个生物产业园区第二名, 其中基础竞争力和可持续发展竞争力全国第一。

不知道在这些骄人数据里包不包括小倩的公司, 包不包括她的团队和她个人。包括也好, 不包括也好, 对于方汛来说没有任何意义, 对于夏洪涛来说也没有任何意义。非要扯上关系的话, 就是方、夏都参与了公司筹建, 虽然光谷生物城骄人的数据里面没有他们的贡献, 但方、夏却意外地收获了两人关系的修复, 从这个角度讲, 方汛是最大受益者。夏洪涛虽然从中也有受益, 但相比他失去的, 亏得不是一点半点。

又是一年油菜花开, 黄灿灿一片, 春风吹过, 空气中弥漫着扑鼻的油菜花香, 同班同学集体出游, 来到汉川天屿湖景区。能去的同学都去了, 夏洪涛没有去, 他受不了异样的眼光, 而方汛可以大大方方去, 却没有去。不去的理由很简单, 他知道夏洪涛肯定不会去, 因而不想让夏洪涛孤独地待在家里, 五味杂陈地连在手机微信上翻看同学们欢快照片的机会都没有。方汛受不了夏洪涛被孤立在外的惨景。如果夏洪涛知道方汛也没有去, 或许心里会好受点, 因为有和自己相同原因也没去的伴, 他多少会得到一些心理安慰。

"感情是每个人在无助时可以依赖, 可以倾诉, 可以交谈的东西, 当你感到迷茫、孤独、无助时, 你会发现, 如果有一个好朋友在你身边,听你倾诉烦恼，听听你自己的想法是一件多么愉快的事情，因为你会觉得有人跟你分享这些，你就不再是一个人了。"方汛当时就是这样想的，他希望自己就是那个好朋友，能让夏洪涛感到，即使是待在家里，自己也不是孤独一个人。

方汛把同学发到班群里的照片，通过微信一一发给夏洪涛。夏洪涛不回文字，而是回了各式各样的笑脸和竖大拇指的表情。方汛感受到了夏洪涛的释放和开心，那一个个笑脸代表了夏洪涛对回归班集体的期盼，以及恳求同学们多一些理解和包容的渴望。

方汛在能力范围所能够做的也就这么一点事，他知道以一己之力扭转不了夏洪涛目前处境，也没有必要去扭转。能和夏洪涛冰释前嫌，重新做回朋友，是方汛想要的，也是夏洪涛想要的，这就够了。

祁老师八十岁生日当天，方汛买了一大束花去看望。自从老伴走后，祁老师身体大不如从前。在方汛面前，祁老师没有提一句曾经发生的事情，也没提学生夏洪涛，或许是不愿提及，或许是上了年纪容易忘事。方汛毕恭毕敬地随着祁老师的话题，不打岔，不挑题。

看着祁老师迟缓的行动已经没有了陈氏太极的刚柔并济，方汛内心深深自责。祁老师需要自己的时候，他找借口不来，现在祁老师不需要了，却偏偏赶天赶地。

方汛确实捧来一大束花，但有花的日子未必烂漫，没有花的日子未必不开怀，何况祁老师早已桃李满天下，也就不在乎多一朵，还是少一朵，更不在乎是名贵，还是卑微了。

说来也巧，方汛给祁老师送花的当年，正是母校百年华诞，母校将举行盛大校庆活动。十年树木，百年树人。祁老师以穆老师名义捐出一万元，在校园银杏树林认购了一棵银杏树，可算是祁老师自己与已故的穆老师恩爱永恒的见证，也可以说是两人从教一生的真实写照，更可以说是他们立下的教书育人的一座丰碑。

虽说方汛不会太在意小倩的感受，也不欠小倩什么，但内心并没有忘了祁小倩。与小倩同机回国后，他只是在她妈妈的追思会上与她见过一面，还没说一句话。后来去祁老师家里送花祝寿，也没见着小倩。方汛觉得自己这个当叔叔的，入情入理都要见下小倩才说得过去。

方汛约小倩在南科大的梧桐雨见面，这是第一次和小倩见面的地方，他的本意是希望在浪漫开始的地方结束浪漫。小倩却不想在这里见面，要换个地方。小倩承认梧桐雨是浪漫开始的地方，但后来的过程却一点也不浪漫，结束地点自然不应该放在这里。方汛想，她会不会是因为她先生受聘南科大后因薪资造成的不愉快而讨厌梧桐雨，或者在梧桐雨她会触景生情，想到她妈妈穆老师仰靠在轮椅上离去，想到她爸爸祁老师被揪领胁迫受辱，甚至脑海里还会如噩梦般地出现夏洪涛的影子。

这几种情况都是，又都不是，情况比方汛想象的还要糟糕。小倩讲述了后来发生的事情："我的公司已被生物城里的一家国内著名生物公司收购了，连同我和我先生的科研成果一同都转让了。我将不再在国内发展，而是回美国继续干老本行，我先生也已辞去南科大教授职务。你在纽瓦克自由国际机场看到了，他带两个孩子去度假，不再来中国了。

"一切都过去，都结束了，你也看到了，没什么好说的了。不过，我真心感谢你，帮我筹备公司，帮我争取到三百万科技启动资金。还有，浪费这么多时间听我讲你不感兴趣的公司的事情。公司这么短命，你是不是觉得很可惜，很失望？

"这次回美国，可能相当时间内不会再回国了，不知道什么时候能够再见面。对了，你孩子在美国，我们还可以在美国见面。"

小倩说这番话时很坦诚，又很伤感，她最后问了一句："我想知道，当初让你来当总经理，你为什么拒绝，是不是因为夏洪涛？"

"是，也不是。"

"不是，那是什么？"

"不是嘛，一来我还经营着自己的公司，二来没有你需要的专业背景，三来你未必付得起我的薪酬。"

小倩笑了一下，表示认可方汛不接受邀请的理由。

这次见面，基本都是小倩在唠叨，方汛没怎么吱声。分手道别时，小倩做出美式拥抱的动作，方汛脸颊侧过去，闪了一下，小倩改了个大大的中式拥抱。小倩眼里噙着泪水对方汛说："我们美国见。"方汛鼻子酸了下："美国见。"

百年校庆过后，方汛很长时间没见到过祁老师，听同学们说，祁老师移民去了美国，和女儿小倩还有两个外孙生活在一起，安享晚年，小倩负责为老爸养老送终。还听说，祁老师在写回忆录，已经写了十几万字，有人说已看到过部分章节。方汛好奇回忆录里面会不会有关于小倩公司开办历程回忆的记载。他想一定会有，只是觉得没有颜面向同学讨要，甚至觉得没有资格去读祁老师的回忆录。前辈深厚的人文底蕴、浩瀚博大的胸襟，岂是晚辈可以读懂的。

想必，假如夏洪涛也听过同学们说祁老师写回忆录的事情，也会生出和方汛同样的感慨吧。可即使夏洪涛良心发现，想见祁老师也已无可能。也因此，本文压根不会出现"祁老师和夏洪涛"的章节。倒是方汛还有机会，因为他儿子一家在美国。如果真能见到的话，祁老师也早已至耄耋年纪了。

六、方汛和夏洪涛

方汛始终没有忘记在那个乌云密布、细雨霏霏的日子公司摘牌时的情景。从内心来说，方汛还埋藏着希望，盼望着有和夏洪涛重归于好的那天，到那时，两人一起把那牌子砸烂烧掉，破旧立新，重新做回到朋友。方汛找出已经发霉、字迹模糊的公司牌子，决定立即约夏洪涛，两人要一起把牌子砸了，烧成灰烬。

夏洪涛给方汛发了一条微信，是一句诗句："我爱你不是因为你是谁，而是我在你面前可以是谁。"方汛好像哪里见过，是英格兰还是爱尔兰的诗人写的就记不得了。显然，夏洪涛发这句诗给方汛不过是借用一下，寓意当然不在诗句原意。方汛反复琢磨，可还是不理解其中含义，什么"你是谁"，什么"可以是谁"，究竟谁是谁呀？方汛被绕蒙圈了，他在心里吐槽夏洪涛无聊，竟然找出这样晦涩的玩意儿。

方汛懒得掏神费脑子，抛开原诗寓意，直接从字面上去理解。夏洪涛"可以是谁"？在方汛心里，当然还是当年那个发小，那个"我的青春我做主"的青年，那个没有再需要做主的青春，只有日复一日地为使企业能够活得更长久而拼命奔波的中年人；当然，还有夏洪涛一成不变的、酷酷的立领装束。方汛能够做的，就是老来的长情陪伴，一直在夏洪涛身边，好让他不觉得孤单，别的真做不了了。

至于发生在祁老师身上的那件事，只能夏洪涛独自扛着、忍受着，最终结果就是他背着骂名进棺材，这是没办法的事。一人做事一人当，这是失去理智后无法弥补、要背负一生的代价。谁叫你夏洪涛没大没小，没尊没长，不知天高地厚，竟敢忤逆到老师头上的？

这年，方汛和夏洪涛六十六岁。

"星耀班"曾经叱咤羽坛的黄金拍档，同时想到了班主任"赌对明天，赌对未来"的金句，生出同样感慨：赌对明天有那么重要吗，赌对未来又能怎样？重要的在于两人关系不能赌错弄丢，友谊一辈子不能偏航出岔。

—

聚会那点事

—

　　本篇人物：江一良、康莉、何灵芝、陶宝——原"星耀班"绘画兴趣板报四人组。江一良是社区法律咨询中心顾问，区级"助人为乐"奖获得者；康莉是区街工委副主任，何灵芝是小学美术老师，陶宝则是一家国企的工会福利部副部长。

　　2014 年，"星耀班"同学搞了一次毕业四十周年聚会，当时我在美国没能参加，就想回国后一定要再次把老同学聚在一起，弥补遗憾。七月的那次聚会过后没过几天，班长把聚会照片和他写的《毕业四十周年同学聚会纪实》发给了我，我把照片和《纪实》文章看了又看，读了又读，很长时间都沉浸在四十年前的回忆之中。因为置身美国，往事的回忆就显得特别厚重，有一种特有的沧桑感和历史积淀夹杂其中。我很快回了邮件，邮件的题目叫《补充记忆》，接着很快又收到他的回复。我感觉有很多话想说想找人倾诉，很多情感急于表达，一下子都等不得。

我在美国开始计划回国聚会的事，盼望能够早点和老同学见面。

"水暖工"江一良

九月回国后，我立即安排同学聚会。尽管在美国做了"功课"，对照同学合影照片进行过辨认，又特别记住班长在《纪实》里写的："当年的青葱少年、如花少女如今鬓发灰白，体态发福，同学们见面互相辨认，不时有人叫不上或叫错对方的名字，引来一阵笑声。"见面时还是闹出笑话，引来笑声。

聚会安排在"迪乐汇"歌厅，下午一点我准时到达。在四楼前台询问的时候，下意识地看了一旁的休息区。看到沙发上坐着一个人。我们两人还相互对视了一下，但彼此没有认出对方是谁。大约过了十分钟，又过来两个人，虽然分别了四十年，但我还是一眼就认出是当时班上的两个高个漂亮女生，不过看上去正是班长描述的样子，当年如花少女如今变得鬓发灰白、体态发福。

我刚从美国回来，很自然按西方人见面习俗，张开双臂准备给两个女生来个拥抱，她们没有表现出羞涩，一点不忸怩，也自然大方地张开双臂，迎了上来。

其中一个女生叫了声"江一良"，我扭头看过去，见休息区的那人撑住扶手，从窝进去的沙发里不紧不慢地站起来，冲着叫他的女生憨笑，却不应答。我和他对视了一下，这才认出了彼此。我上前一步跟江同学握了个手，本来也想按西方男人见面习俗，用肩膀互碰一下，但看他身板单薄，怕经不住，被碰翻过去，也只好作罢了。

江同学穿件浅蓝色短袖衬衫，皱巴巴的，也不扎进裤腰里，看上去邋遢不精神。穿戴不精神还不是主要的，主要是他身板不挺，动作拖沓迟缓，这原本是做同学时对他的印象，现在看上去他倒更加拖沓，跟缩了水似的，身形小下去了一圈，很像一个被"迪乐汇"照顾，返聘在岗的水暖工。

其实高中时，因为彼此性格，我对江一良并没有太多了解，互相也不是课外玩伴，加上过去几十年了，那就更没有一点可以回忆得起来的事情。打过招呼后，我就并排和两个高个漂亮女生朝 KTV 包房走去，边走边谈笑着，把江同学落在了后面。我们三个并不是故意要这样，要怪只能怪江同学自己太拖沓。江同学没有想赶两步跟上来，他不想改变自己的习惯节奏，而是跟在后面，像落单的鸭子。

老同学一个一个到来，原订的包房显小了，就马上换了个大的，大的也经不住闹腾，KTV 包房一下"爆棚"了。叙旧的叙旧，K 歌的 K 歌，跳舞的跳舞，每个人都为重逢而高兴，为重逢而感慨万千。江一良不叙旧，不 K 歌，也不跳舞，自己忙自己的，拿个照相机这里照一下，那里照一下。麦克风坏了，他就去前台换个好的麦克风；没水了，他就去叫服务员；总之，一下也不休息。

歌声停止的短暂间隙，不知是谁拿麦克风大叫了一声："姨娘，休息下，过来聊下天，唱首歌！"这声叫喊，引来哄堂大笑，同学们想起来了：江一良的诨名叫"姨娘"。接着大家齐声喊起来："姨娘，姨娘，来一个。"

叙旧的把一堆人的思绪拉得很远，K歌的伸长脖子扯个嗓子陶醉，跳舞的则步子轻盈，一点不像老头老太太。一大群同学相互交替着，叙会儿旧去K歌，K了歌又请人跳舞，跳完舞又去找人叙旧。

麦克风声音太大，互相之间要凑在耳朵旁大声说话才听得清，好多人嗓子喊哑了，但哑了还不停地说，不停地唱，一个个兴致高昂，精神饱满，劲头十足。"姨娘"还是没有凑过去聊天，也不唱歌跳舞。所有人都忘记了"姨娘"的存在，"姨娘"不在乎同学们是不是记得自己的存在，依旧自己忙自己的。他不习惯喧嚣，反倒习惯不被人关注，很享受、很陶醉于一种在角落里自我的状态。

"迪乐汇"狂欢结束后，没有谁知道江一良是怎么离开的。聚会是我组织的，但我承认我也把他忘了，把他当成了可有可无的水暖工。

不想，一个月后的一个晚上，我遇见一个人，偶遇的这个人并没有给我带来多大惊喜，倒是把在"迪乐汇"丢在一边的江一良，也就是"姨娘"，找了回来，让久远的事慢慢清晰起来。

那天晚上我急匆匆回家，突然听到有人叫我，站定看过去，是一个佝偻的妇女，手上拎着一大包东西。

"还认得我吗？"

"认得。"非常肯定，我一眼就认出了她是谁，但想不起来她的名字。

"你叫——"

"李蔚蓝。"

我想起来了，是叫李蔚蓝。

李蔚蓝说话的语速很快："还记不记得高三时辅导员团支部？那时

我是书记，江一良是宣传委员，你是组织委员。"

"记得，记得。"

"江一良诨名叫'姨娘'，说话也是个娘娘腔。课余时间我们到初中去辅导，'姨娘'硬是镇不住那帮小屁孩。不过'姨娘'有热情，积极性高，工作主动，把宣传搞得有声有色。仔细想想，当辅导员的时候我们才十七八岁，也是孩子，可是往低年级孩子面前一站，一下子就有了大人的感觉，就有了跟老师一样的威严，板起面孔教训那帮小屁孩，蛮威风、蛮神气、蛮过瘾的，你说是不是。"

"是的，是的。"

"江一良现在还是不是那时的样子？"

"一个月前我们班聚会见过，还是那个样子，不过老啦。"

"肯定的，我们都老了。我知道你们班聚会，是听你们班主任说的。我还听说你把你们班的班花哄到了手。"

"别胡说，哪来的班花。"

"李蔚蓝，你说说你自己吧。"我想知道她怎么会佝偻成现在这个样子。

"嘻，老了不中用，前年摔了一跤，伤到脊椎，就成现在的这个样子，是不是不中看？"

"哪里，哪里，你还是当年的团支书，只不过过去这么多年了，毕竟岁月不饶人。要保重身体，这倒是真的。"

"还住水果湖？"我问。那时我就知道她住在水果湖茶港，茶港是省级干部居住的地方。李蔚蓝是高干子女，用现在的话叫"官二代"。

但很多同学不知道，我们因为在一个团支部，所以才知道。李蔚蓝很低调，为人谦和，大嗓门，但不盛气凌人，从不"我爸、我爸"的。只是偶尔在周末，才看到有小车来学校接她，车上下来的是个干部模样的年轻人，叫小蔚蓝上车，然后就快速离去了。

"是的，还住水果湖茶港。还是老爷子的房子。嘻，说出来难为情，前人栽树后人乘凉，毕业后混得惨，啃老啃到现在，丢人。"

和李蔚蓝分手后，我一直看到她背影完全消失。因为她佝偻着背，手里又拎着东西，走得很慢，我感觉我站了很长时间。我在想，我们是一个年级，但她不是我们班的，那她是哪个班的呢？

这个时候，曾经的辅导员团支部宣传委员、现在的"水暖工"江一良同学的形象却越来越清晰了。

记得做辅导员的时候，去低年级班上，调皮的小男生不怕江一良，当面学这个大哥哥走路的样子。脚在地面一拖一拖，屁股来回摆动，还夸张地做出兰花指来，边走边怪声怪气地拖个娘娘腔。江一良一点也不恼，笑着说："我是这个相吗，我是这个相吗？不学好，看我怎么收拾你们。"

然后他会展开他的强项，苦口婆心地教育这帮男孩子：你们要好好学习，要争取早日入团。话一说完，这帮小屁孩就一哄而散，手舞足蹈地叫着："呃，要入——团，要入——团，好好学习要入——团。"

江一良想恼，却恼不起来，只能喊道："都给我回来。"明明是一句发狠的话，从他嘴里出来却绵软无力。想学大人、学老师的样子，可从里到外都找不到这个样子。但这并不影响江一良的心情和工作热情，也没有消磨掉他的耐心，该怎么干他还怎么干，从不懈怠。从这点上来说，他又很像大人，很像老师。

记不起是哪一年，辅导员团支部被学校团委评为先进团支部，江一良的努力起了很大作用。好像也是在那年，江一良还被评为优秀团员，应该是校级的。

江一良这四十年是怎么过来的？他为人处世就一直是这个样，没变过吗？质朴是他一辈子不变的品格标签，从他在"星耀班"群里做的事来看，他确实没有变，一直保持这个样子。

不过在他的性格中，增加了一点，就是极端的"自我"。在复杂的社会变革中，他是怎么融入其中的，又是怎么处理人与人之间关系的呢？现实生活中很难找到有像江一良那样，自我到完全生活在一个独自世界的人。其他人是否存在，有什么看法，跟他没有一点关系。但他又处处为别人着想，不嫌事小，不嫌麻烦。这双重性格、两种表现相互交织，体现在他一个人身上。

在接下来的日子里，江一良总会日复一日，每天最早一个出现在班群里。他不厌其烦地发天气预报、路况信息，哪里停水、停电、停气，提醒有车的同学什么时候可以过桥，什么时候该年检。班级群发了，又到朋友圈发。为了获取信息，他会进入政府网站搜索，如果哪天有遗漏，一定不是他的问题，而是网站崩溃了。

江一良干过一件关于"寻人启事"的事，很能说明他的双重性格。班上有个女生，其父在新中国成立前是民族资产阶级，"文革"期间被批斗，不堪凌辱，悬梁自尽了。这个女生背着巨大思想包袱，一直抬不起头，不跟任何同学说话。高中毕业后各奔东西，大家就再没见过这个女生。直到毕业四十周年聚会，清点人数的时候，大家才想起了她。有说她去了内蒙古，有说出国去了南非，也有说已经离世。

江一良带着道听途说得来的一点信息，找到当地公安局户籍科，填写了寻人表格后，回家等待消息。寻人消息还没有等来，江一良已经把他手机翻拍的寻人表格发到了班级群。同学们一点都不怀疑江一良的动机，只是觉得不应该这样满世界叫嚷。如果这个女生还活在世上，就不要去惊扰她，而应该尊重她的意愿，让她平静地生活在她喜欢的、已经习惯了的世界里，不要让喧闹替代安静。

后来究竟找到她没有，不得而知，但同学们一致觉得，这个女生进不进班级群不重要，她能忘掉曾经被扭曲的人性，过上有尊严、有平等人格、不被歧视的生活才重要。

说江一良是"水暖工"一点没错。于我，做朋友可能不合适，但一个群里面需要这么一个人，一个热心肠、有温度的人。

一个能够自己忍受孤独，却看不得别人寂寞，总变着法子把一群人闹沸腾开来，而自己又处在滚烫的边缘，这样的人，一定有大爱在心。

暗恋

K完歌后我们去湖锦酒楼就餐。为了这次聚会，我特意找朋友借了一辆崭新的奔驰商务车。四十多年未见面的同学聚会，来的人多，借辆商务车多拉快跑，理由上说得过去。但我不想找借口，我承认自己很俗气，想显摆，有虚荣心。一个刚从富得流油国家回来的人，被认为兜里一定揣着大把美元，总会出手阔绰，想显摆一下不为过。

车上坐着六个女生，我想和美女们多待一些时间，就把车开得很慢，如同观光兜风一样。副驾驶座位上的女生察觉到我的"不良企图"，冒出一句："你一个破产老总，开着奔驰，还这么春风？"

我没有会到意思，另外五个女生也没有会到意思。我很奇怪，破产是什么意思，怎么会冒出个破产来了？开着奔驰，怎么就不能春风一下？

副驾驶座女生不紧不慢地答疑解惑："你车上坐着六个平均年龄超过六十的太婆，如果不是破产，应该一车子散发青春粉脂、长发飘飘、年轻貌美的少女呀？"我从后视镜看到，后排座的女生，有的在梳弄着稀疏的头发，有的双手掩面，遮住见不得人的褶子。笑人前，落人后，副驾驶座那欠揍的女生当然也包括在内。

我扬起手说："姐们，可见破产的不止我一人，除了这辆崭新的奔驰商务车，其余全都是残次品，都到了报废年限。"

诋毁和自我诋毁的冷幽默，一车人都笑岔了气。

坐副驾驶座的女生本名康莉，正是本文中暗恋班上男生的女主角。

当饭桌上正热火朝天、兴高采烈聊得起劲的时候，不知是谁戳戳点点叫了一声"康莉哭了"。一桌人都朝她看去，场面顿时沉寂下来，气氛急转直下。

康莉掩面不语，当她把手移开时，露出伤心的样子，眼圈红红的，也不再是奔驰车上那个冷幽默杀手了。一个幽默洒脱的人，一般是不会把一件事长时间放在心上的，究竟是什么事会让她如此这般呢？

她并不避开一桌人的眼光，反而用茫然的眼光扫视了一桌人，既不说话，也没有表情。她不强求同学理解，也无所谓同不同情，一桌人希望她说点什么，她就是不开口。不开口也就算了，她还不收回她那毒辣眼光，搞得一桌人面面相觑，不敢直视，避之不及。

是不是看到已经谢顶的、曾经温情唤作"康桥"的"本家表哥"在正对面坐着，因而触景生情，一下子回到了四十多年前那个风华正茂，又怕男女授受不亲的年代。

我是第一次听到这个事，就是刚才。坐在我旁边的同学告诉了我这件事的经过。高中毕业的时候，同学们即将走向社会，各奔东西。分别时，康莉送给那个男生一本笔记本，上面写了具有那个年代特点的祝福语，诸如，"友谊地久天长""广阔天地大有作为"之类的空洞的、没有任何明确指向的口号。不过那个年代只能这样，有想法也不能表达，更不敢去做，总是被一种更无形的东西罩着。

听到的就是这些，很简单。绝对隐私，我不太想听，坐我旁边的同学可不管，继续往下讲暗恋故事的续集，我不忍心扫人家的兴，只能继续听下去：康莉很早就结婚了，有了小孩。当年她暗恋的男生当兵去了，而康莉的丈夫就是当兵的。后来那个男生退伍后做生意，当了老板，结婚有了孩子。康莉知道了，就和当兵的丈夫离了婚，也去找了一个做生意的老板，据说再婚后的家庭生活也不幸福。可这说明，康莉心里一直装着那个男生，她是比照着那个男生的职业在找老公，也算是暗恋的高级境界了。

康莉自己说她一直暗恋着那个男生，背地里把心目中的男神叫作"康桥"。在那个情窦初开的花季，朦胧诗、爱情诗读多了，傻成了"花痴"，把"康桥"这个地名当成了人名，当成了本家大表哥。

"轻轻的我走了，正如我轻轻的来；我轻轻的招手，作别西天的云彩。那河畔的金柳，是夕阳中的新娘；……悄悄的我走了，正如我悄悄的来；我挥一挥衣袖，不带走一片云彩。"

康莉只能背出徐志摩这首诗的一头一尾，中间一大段背不下来。这已经很好了，有来的，有去的，她和"康桥"在中间这段时间没发生任何事，背不下来就背不下来。康桥成了只有康莉独享的爱的专用名词，这才最重要。

其实，康莉在这首诗的理解上没有问题。这首诗本身就是讲离别的，其中蕴含着缠绵凄婉的爱情。

康桥，是英格兰的一个城市，靠近康河（剑河），是英国著名的剑桥大学所在地，也因此驰名于世。康莉巧妙地借用"康桥"来寓意自己对爱的向往和追求，不但没有错，而且简洁，有隐喻，有情调。

生活中暗恋的事并不少见，但多是被暗恋的人自己并不知道，而暗恋的人只会把这么隐秘的事告诉几个最要好的朋友，或者对任何人都不说，永远埋藏心底。当着这么多同学面说出来的，绝不多见，否则就是明恋了。

康莉一定疯了，陷在里面四十多年不释怀，这很难让人理解。

这样的暗恋，换个人打死都不会对外人说，这辈子就烂在肚里了。而她大张旗鼓、高调示人的做法，可见其性格中有极端自我的一面。

在酒桌上我发现，和康莉谈话时很难岔开她的思路，她会一直沿着自己的思路讲下去。不管主题变了还是没变，谈话内容与之相关还是不相关，一切都跟她无关。她不相信有什么事叫"撞南墙"，她属于一条道走到黑的那种人，可以用"执拗"来形容。

听同学们说过，江一良是男版康莉，这么说，康莉就是女版江一良了。我终于理解了同学们对康莉的评价，就性格而言，应该说康莉也算是独特的人了。这种性格的人暗恋起来，真叫执着，真叫醇厚，真叫回甘，真叫"康桥"。

都说暗恋是件痛苦的事，其实未必是这样。在生活中，总有那么一个人，那么一件事，甚至那么一件物品，让你牵挂、让你惦记、让你魂牵梦绕，值得去牵挂、去惦记，弄得跟丢魂似的，这绝对是大大的幸福。心里填得满，充盈不空着，就有奔头，就知道目标在哪里。

花甲之年没有隐藏秘密的必要，经历了那么多事，见过那么多人，把心放下来就好了，就轻松自在了，把心里的话说出来，就舒服了。

话是这么说，可不管怎样，暗恋总是个沉重话题，饭桌上没有谁再笑着谈这件事。大家都清楚，长久保留美好记忆的只有两个人，那就是暗恋的和被暗恋的，没有其他人什么事。

那个被昵称为"康桥"的男生的幸福在于，他很早就知道有人在暗恋自己，是真的爱恋，而不是那个时代所谓的革命友谊，而这个人现在就哭着、眼神茫然地坐在自己面前。

我看了"康桥"一眼，他满脸通红，露出羞色来，或许是觉得对康莉过意不去。实际上他是在窃喜，这么隐秘的事本应该秘而不宣，现在却有人敲锣打鼓，昭告天下，真把"康家大表哥"美得一塌糊涂。

谁和何灵芝青梅竹马？

陈磊不是我们班的，他是年级的学生干部，名气很大，是学生头。参加"迪乐汇"聚会我也邀请他来了，邀他来是想三头对六面，证明一件事，谁和何灵芝青梅竹马。

事情起因是这样的，在班长写的《毕业四十周年同学聚会纪实》里有这么一段话："陈磊同学回忆了与何灵芝同学同住新华村 A 栋时，青梅竹马的童年时光。"我觉得陈磊说的不是事实，在给班长的回复中，写了下面这段话：

"关于陈磊说和何灵芝住新华村 A 栋的事，是不是有误？在我印象中，何灵芝没有住过 A 栋，而是一直住在 B 栋，并且跟我同一楼层。我记得很清楚，当时房管所把楼层里空置的一间大房一分为二，中间用木板隔断，分给两家，我家半间，她家半间。何灵芝家的那半间没有采光，白天都得点灯，里面除了一张床，什么也没放。何灵芝和小她两岁的妹妹何灵巧就住这半间，白天不进去，只有晚上睡觉才进去。姐妹俩睡一床，每晚有说不完的话。木板不隔音，她们说什么我都听得清，不过那时小，没有什么私密感。即使有，也不会往那方面去想，跟欲望完全扯不上边。我们在这里一住就是十多年，我们才是青梅竹马。而我和陈磊是娃娃朋友也是真的，小学时我们就是同学，他原名陈望生，'文革'时把名字改成现名了。"

问题的核心是，何灵芝究竟有没有在新华村 A 栋住过？如果住过，她和陈磊有没有来往和交情？

新华村在我儿时记忆里，不仅仅是个住的地方，更是个符号，是个标记。新华村这个住宅区的名称怎么来的，不得而知。20 世纪五六十年代，新华村在武昌区解放路的整条街上是最高档的住宅小区。

新华村由十五栋两三层高的楼房组成，红墙红瓦，楼栋与楼栋之间是草坪树木。

A 栋建筑单体最大，位于新华村正中央，前面是个圆形大花园，B 栋和 C 栋对称分列其两边。其他序号的楼栋依次对称地围绕着中央 A 栋有序向四周排列开去。新华村整体建筑形制是帝王风格，中央为大，其余围绕和簇拥。从楼层来看，A 栋为三层，其余各栋均为两层。从楼栋内部看，A，B，C 栋楼的楼道和房间地板均为木结构，其他楼栋则不是。从居住人员级别看，A 栋住的是区委、区政府领导，B，C 栋住的是区里部、委、办的干部，一般干部和工勤人员则分住其他楼栋。

也就是说，那个年代能够住在新华村，是件很体面的事情，象征着国家干部身份，自然会觉得高人一等。在新华村内部还有级别细分，住 A 栋是顶层，B，C 栋为高级别层，D，E，F，G 往下排的楼栋级别较低，因而会有小小的自卑感。但不管住哪栋，对外说起"我是新华村的"，大家的口气和神态都是一样的。

讨论"青梅竹马"的问题放在了饭桌上。这是个既虚幻又很八卦的话题。但在场的同学不这么看，他们认为青梅竹马的事不仅不八卦，而且很美好、很甜蜜，让人充满好奇心，都想知道究竟是怎么回事。

因为当事人陈磊同学的加入，加上他天生好口才，而且当事人都在场，这件事必定会水落石出，真相大白。所以这个话题一上饭桌，就形成了高潮。

本来我和陈磊挨着坐，为了营造气氛，也为了叙事方便，特意把何灵芝拉过来，坐在我俩中间。这样的座次，在无形中给青梅竹马的故事，增添了几分真实性和可信度。

陈磊不愧学生干部出身，讲起话来滔滔不绝，旁征博引，说服力极强，吊足了同学们的胃口。

"记得五八年，三岁的时候，我和何灵芝两家同住新华村 A 栋。那时我的学名叫望生，改名叫陈磊是后来的事。小名叫军军，我父亲是老公安，希望我长大后当一名军人。那个时候 A 栋有好几个小孩在一起玩，我跟灵芝最好，玩得最多。"

说到这里，陈磊停顿下来，朝身旁的何灵芝看了一眼："你说是不是？"何灵芝笑而不答。

"上次参加你们班聚会回家后，我专门找家人核实了这件事，千真万确，不会有错。青梅竹马是什么呢？就是很小很小就在一起，少不更事，两小无猜嘛。灵芝你说，搬到 B 栋去是什么时候？大了嘛。大了还什么青梅竹马，已经懂事了，有心思了，开始互相猜忌了，这就会生情的嘛，我们这里面是不带情的、纯真的、没变色的青梅和竹马。"

陈磊把灵芝的椅子往自己身边拖了一下："你说话呀！我说得对不对？"

灵芝说："我也回去问了这件事，我爸爸说确实在 A 栋住过一段时间，但很短，后来就搬到 B 栋去了。对 A 栋我一点印象也没有了，也不记得有个叫军军的小男孩。"

"看到没，看到没，我没说错吧。住 A 栋在先，后来才住 B 栋，谁是青梅竹马这不就清楚了？喝酒、喝酒。"陈磊洋洋得意，宣布他和何灵芝青梅竹马在先，是正宗。

"陈磊，你急什么，没听灵芝怎么说的，她们家在 A 栋住的时间很短，连你'军军'小名都不记得。谈什么在先，什么正宗？"

不过据我了解，当时何灵芝父亲是区委办公室主任，有"区委一支笔"的美誉。因为职务的关系，也因其笔杆子的影响力，分房时分在了 A 栋。那个年代领导干部作风廉洁，在利益面前讲究高风亮节，何灵芝的父亲在私底下听到一些传言，说何主任不够级别，因为是书记身边红人，所以才住进了 A 栋楼。他受不了这种流言，很快就搬出 A 栋，到了 B 栋，和我们家住在了一栋楼。

看来都没有说错，何灵芝确实在 A 栋住过，不过时间很短，而住 B 栋的时间则很长。据此判断，好事的同学们开始起哄：何灵芝有两个青梅竹马，选一个，选一个。更有看热闹的喊道："一人亲一下！一人亲一下！"

其实 A 栋和 B 栋紧挨着，大家走出楼就围着中央花坛一起游戏玩耍。那么多小孩里面，陈磊、我、何灵芝都搅在一堆，都是玩伴，分不清谁是谁。

恰巧小学时我们三个同在一个班级，初中又在一个学校，但不同班，这才没有在一起，可还是天天见得到面，可以说是一起长大的。

所谓青梅竹马的事并不存在，只不过是按照传统思维方式编造出的一个故事。说的人把儿时没有的事，跟真的似的娓娓道来，是希望现实是这样一个干净而没有功利的样子，而听的人听得津津有味，各自会去寻找自己儿时有没有类似的事。要是没有的话，就去回忆曾经有过的美好瞬间，个个都跟做梦似的甜甜蜜蜜。原来八卦出来的故事也很美好。

仔细一想，只有到了六十岁这个年纪，才有心思到把这种事拿出来调侃。说的人、听的人，都一致认为，虚幻出来的东西实在太过美好了，因而就不再想把现实放在眼里，也不想把现实装在心里。我们当真都这样想了，说明我们已经老了，但又不甘就这么老去，年轻时候没有经历的事情，老来总想用什么办法弥补一下。这种想法本身就很八卦、很虚幻。

"亲家"陶宝

她就叫陶宝，一出生爹妈就取了这个名字，大名鼎鼎的阿里巴巴淘宝网的诞生则是四十多年后才有的事。陶宝当"淘宝"的奶奶没有一点问题，陶宝太喜欢淘宝了，上了年纪，腿脚不方便，可有了淘宝，她就可以足不出户，满足一切生活必需。因此陶宝尽了奶奶本分，逢人便夸"淘宝"，比夸亲孙子还多，还夸得勤，把隔代亲的爱，淋漓尽致地表现了出来。

我想好了，在"迪乐汇"见到陶宝，一定来个超级美国的见面方式，贴面拥抱。陶宝还是大大咧咧的性格，直率豪爽，我一做出拥抱动作，她就回了同样动作。只是极短时间，我就退缩了，收回了贴面拥抱的想法，改成常规拥抱。

为什么会有贴面拥抱的想法呢？和其他同学比起来，我和陶宝之间还另有一层关系，就是"亲家"关系。不过这层关系不足以让我胆大到可以去贴面拥抱，好在只是瞬间内心露怯，陶宝肯定没有察觉到，其他同学更不会察觉到。

三十多年前，妻子在医院生产。记得那年夏天热的时间特别长，已经到九月白露季节，还酷热难耐。我在产房外守候了一天一夜，还是没有听到里面传出"生了"的叫喊声。天热加上焦虑，便烦躁起来。

那个年代没有空调，室外被太阳炙烤，暑气全逼到了室内。晚上又潮又闷，吊在天花板上挂满尘丝的电风扇吃力地"咯吱"摇晃，随时都有砸下来的可能。电风扇吹过来的风，跟泼洒的油似的，喷涂到身上，把毛孔堵死，汗液排出不来，全封在了体内。

管不了是不是公共场合，我脱掉上衣，光起膀子，虽不见一点凉快，总还是感觉透气了一点。

刚赤了膊，就过来一个女护士，手里拿着托盘，恶狠狠冲我喊道："穿上！穿上！像什么样子！这里是生伢的地方，你一个大男人，哼！"天使变恶魔，不过隔层热帘子，她这也是被烘烤失态走了形。

自知理亏，转身走开，但不管是不是生伢的地方，我并不打算穿上衣服。我把汗衫揉成团状攥在手里，快热晕了的时候，搭一襟拖一片都嫌多，裸奔的念头都有了。我恨不得追过去把衣服团甩到女护士脸上，这时却看到一个熟面孔走过来，我认出她就是高中同学陶宝。

她挺个大肚子，径直朝产房走来，步伐平稳、坚定，不畏艰难险阻的样子；她不像是自己生孩子，倒像是赶蜿蜒崎岖山路而来的接生婆。

陶宝也奇怪我怎么会出现在这个地方。她问："你老婆生孩子？"我说："是。"她又问："生没？"我回："没呢。"

"你也是来生孩子？"

"废话，不生孩子谁来这里。"

我还赤膊着，使劲抖开揉成团的汗衫，好歹遮挡下尴尬。同学不比护士，要不是看在同学的份上，才不会这样呢。

"行了，行了，别抖。光着就光着，生伢的女人，什么事没见过，在乎这些。"陶宝每句话都是穷追猛打，把人往墙上钉。

高中时陶宝是班里劳动委员，身强力壮，在那个不讲学习、劳动光荣的年代，陶宝不仅管人家劳动，自己还要做表率带头劳动，几年下来，练就了结实身体，居然还便利到生孩子。生孩子是天下第一难事，到她这里，变得简单轻巧，"扑哧"一下，吸气吐气之间，就把事给办了。进产房跟逛迪士尼似的，一个大胖小子就轻巧地来到这个世界。

陶宝从产房出来的样子比进产房还神气。"我看见你老婆了，还躺在那儿，里面有空调，凉快着呢，快生了。我安慰了她几句，莫急，没事的。"陶宝宽慰我几句，便回病房了。

她先生跟在她身后，两手空空，无所事事。陪老婆，是走个形式，当个摆设。

妻子历经千辛万苦生下孩子，是个女孩。大人、孩子都平安，妻子身体很虚弱，需要一段时间恢复。她回到病房的第二天，陶宝就要出院了，出院前过来病房探望并辞行。

大嗓门陶宝，底气足得像撬开的冰镇汽水："有福之人六月生，大人、小孩平安就好。不信等着看，孩子往后必定有出息。"

妻子笑了笑，没有力气说话。我说："现在已经九月了，过了白露，哪来六月生呢？"

"我说的阴历，阴历。"

"阴历也不对呀？"

"你这个人死脑筋，认死理，不过是个比喻，图个好彩头，管它六月、九月。说好了，就今天，就这地方，两个孩子定娃娃亲，大人结为儿女亲家。"

从这以后，两家彼此以亲家相称。

那时年轻，医院一别，各人顾各人的家庭、孩子，各自忙各自工作、事业，连见面都难，哪还顾得上什么儿女亲家，把这事早抛在了脑后。

二十年后，两个孩子学业有成，还真是应了陶宝在医院的那句话，"有福之人六月生"。不对，九月生，反正好彩头应验了。两个孩子都有出息，大学一毕业都出国了，一个去了美国，一个去了澳大利亚。说来别不信，两个孩子从小到大，压根没见过面，当年同一个产房分娩的故事他们一定听过，也一定知道有娃娃亲这回事，但大人不提，也就只当什么事都没发生。

他们后来各自找了同为留学生的同学，成家立业，分别生活、工作在不同的国度。

不过有一点没有忘记，每当女儿过生日，我就会想到陶宝的儿子。听陶宝说，她也是这样。虽不在一起，但同一天生日，切蛋糕时，总会想到另一个人。其实谁都没有要刻意这么去做，是条件反射，自然而然流露出来的。

我和陶宝终究没有成为儿女亲家，当年病房里也就这么一说，就是个玩笑话，后来成为班里同学聚会的谈资。同学中间成为夫妻的并不少见，而能够成为儿女亲家的就少见了。

自打聚会后，两家走得勤，有什么好吃的，彼此会多备一份，称呼上叫顺了口，"亲家公""亲家母"地叫着，一点不避讳，结果把同学这层关系都快忘掉了。至于每周至少一次麻将，每年不定期自驾游，还有跟团出国旅游的那些事，这里先不说，留着以后再说。闲在家里有的是时间，什么时候想起来了，什么时候都可以说。

至于儿女们，他们各自也有了自己的孩子，他们还要忙工作事业。作为家长，我们能帮就帮下，有钱出钱，有力出力，也就这样了。不过还是那句老话，儿孙自有儿孙福。

聚会那点事写完了。在出国前，我曾经明显感到退休后各种聚会活动多了起来，名目繁多，应接不暇。时间一长，开始厌烦起来，就找借口推掉不想参加的聚会。出国半年期间，正好有借口了。但这次高中聚会，使我改变了看法，重新又回到热衷聚会活动的路子上去了。理由很简单，凡是聚会，总会遇到有趣的事和有趣的人，然后我可以把有趣的事和有趣的人统统记录下来，就有事干了。有事情干，就很有趣，就感觉日子过得特别快。

不过仔细去想，其实同学之间的所有聚会，形式、内容都差不多，真的就那么点事，无非一次又一次地翻出来挂在嘴边，总也说不够，总也不嫌烦。

江一良、康莉、何灵芝、陶宝，现在都生活得很好，身体也不错。江一良还和先前一样撮事揽干，每天在群里发各类信息；康莉上了老年大学，报了好几个班，最感兴趣的还是国学，现在可以流利地诵读整篇《再别康桥》，嗓音、节奏、情感极佳；何灵芝是广场舞老师，提个大喇叭，带着社区舞蹈队老姐妹们训练，到处参加广场舞比赛；陶宝去澳大利亚带孙子，享受天伦之乐。有时累了她也会烦，嗓门跟着就高起来，每当这时，她儿子就会说："能不能小点声，这是在家，要是在公共场合呢？""公共场合怎么啦，嫌老娘声音大，我还不想待了，走，回国！"

"迪乐汇"歌厅生意依旧火爆；崭新奔驰商务车在聚会的第二天物归原主；新华村 B 栋原址上早已耸立起一座高层住宅楼；产房门前人丁兴旺，生生不息。

"星耀班"的故事还有很多，还在继续。

租

房

本篇人物：顾老师——原"星耀班"小组长。围棋业余四段。

上篇

去年在利川元堡花坪避暑的顾老师去一家农户买鸡，这家的鸡是在自家围栏的烂泥地里放养的。农户说，鸡吃地里的虫子蚯蚓，再加上各种菜叶和少量鸡饲料，是绝对的土鸡。

回家炖汤，果然一层黄油，香气四溢。

今年顾老师又去，农户家却大门紧闭，喊了几声，没人应答。过来一邻居问："有事吗？"回："买鸡。"

"这家出去打工，不卖了。"

"哪还有卖的？"

"你到对面那家看看。那屋里的主人叫再四平，他家的鸡也好。"

顺着他指向看过去，是一片水稻田，再过去是一片竹林，直线距离不过百来米的坡地上，一间古朴的民居隐约在古松翠柏之间，远远望去，宅子屋梁斗拱挑檐下面悬挂着的两个大红灯笼格外显眼。

绕道约十分钟来到宅子前。屋前有一块宽敞平整的晒台，如果仅仅是个普通脱粒打谷、晾晒粮食的地方也就没有什么可奇怪的，关键是晒台围圈雕花镂空的栏杆不搭调地突显在眼前，显示出这个古宅子的与众不同。再看晒台的一侧，居然整齐摆放着几十盆造型各异、形态生动的盆景，展现出古宅主人的闲情雅致。

顾老师原本为买鸡来的，而此情此景让他无论如何也无法将之跟农耕劳作、养鸡卖鸡、浑身鸡屎味的农户联系到一起，一下子就吊起了胃口，产生了对古宅的兴趣和对宅子主人的好奇，也就急于探个究竟。

还没来得及回身细品古宅和眼前盆景，只见从竹林里钻出一个人来。此人一手握刀，一手拎着两只刚刚宰杀的鸡朝顾老师走来。

顾老师朝来人喊了一声："老乡，卖鸡吗？"

来人不紧不慢："郎个是买鸡的？不急，看下哟，好就买哟。"

"这鸡刚杀的？"

"是的哟。人家酒店订去的嘛。"

"卖只给我？"

"要的话，先拿起嘛。"

你不问他也不答，只是自顾自埋头剖鸡，清洗鸡肚肠。

来人正是宅主。

趁这个间隙，顾老师仔细看了下古宅。古宅不是广为人知的土家族"吊脚楼"建造形制，而是"转角楼"形制。他对这种简单的建筑形制判断基于网上的介绍，对照着介绍往细看，便有了直观立体的了解。

古宅正屋左右对称分别凸出一角，与正屋垂直，向外延出一组排架，每排柱子长短依地势高低而取舍，形成杆栏楼宇建筑，没错，这正是网上介绍的"转角楼"。"转角楼有几种形制，但常见的多为三排两间，上下两层，也有三四层的。其屋脊必须低于正屋屋脊，寓'客不压主'，同时也是工艺需要。"这座宅子就是上、下两层的转角楼。

正屋其实就是厅堂，没有大门，高傲地敞开着，几块青石板下去正对着的就是宽敞平整的晒台。正屋上方靠墙处放有一张供桌，斑驳无光泽。这种长方形供桌，既有陈设作用，又有祭祀功能。主要用于供奉祖宗或福禄寿三星，以祈求保佑家庭吉利和睦、幸福安康。供桌上本应摆放酒、水果以及其他供品，但宅主没有刻意讲这个形式，而是放了两个瓷瓶在上面，看上去也搭。

照理，供桌的两边应该摆放太师椅、官帽椅或圈椅之类陈设，以便和供桌配套。当然这不过是古装戏看多了的外行的想当然而已。太师椅、官帽椅自然没有，只有靠墙的两把粗糙木凳杵在那里充数，形似，而神不似。

宅主可以把晒台围圈整成雕花镂空的栏杆，可以在屋外摆放几十盆造型各异、形态生动的盆景，何不把值钱的古宅修旧如旧，何不把高傲敞开的正屋古朴原貌原原本本地展现出来？顾老师脑子里产生了一系列疑问。

剖完洗净后，宅主拎着鸡穿过正屋来到后厨，顾老师跟了进去。由于靠近山坡，又有参天古松翠柏的庇荫，使得后厨昏暗不清。宅主先是往灶膛里添了一把柴，火蹿出来，他才看清后厨的样子。但接着一口大铁锅被扣进灶膛里，后厨又变得一片昏暗。宅主往铁锅里倒入酒精，划火点燃，蓝色火焰飘飘忽忽悬浮在铁锅中央，淡淡的光亮，加上灶膛蹿出的火焰，让后厨模样又渐渐显现出来。不过后厨并没有什么特点。

鸡在蓝色火焰中来回翻转，不一会鸡绒毛全部褪净了。

灶台旁，顾老师问："贵姓？"

他答："免贵姓冉。冉冉升起的冉。"

"是不是叫冉四平？"

"是。咦，你么子晓得的？"

"这你不用管。家里行四？"

"行二。不是四，是世，世界和平的世。"冉世平浓重的鄂西南口音，"四""世"不分。

"这个姓，有点少见。"

"么少见，这里是冉家大湾，一湾子人都姓这。"

顾老师又跟出后厨，穿堂而过看到里屋松垮塌陷沙发上蜷缩着一个长者。七月天气，却裹着厚厚的棉衣，眼睛睁着，没有一丝表情。顾老师微躬，朝她点了下头。她纹丝不动，眨了下眼睛。

冉世平告诉我："这是我老娘，民国生人，九十七了，冲百岁。"

冉世平回到古宅前的晒台，把鸡切块装袋。顾老师说："手机支付，扫码？"他回："扫不了。""没带现金，么办咧？""多大点事，哪天顺路过来就是了嘛。""这么相信我？""算个么子事嘛。"

看上去冉世平对钱的事不感兴趣，似乎对养鸡也没有太大兴趣。

不过，与一个素昧平生的人也没有什么话题可聊，三句话还是说到鸡子上面去了："我不靠养鸡为生，自养自吃，有要买的，就卖几只，只是生活补充，也是兴趣。卖你的这只六斤半，喂养两年以上，我卖的鸡都上这个年头。要达到这个重量，没有什么巧在里头，就是一份耐心，一份守候。

"你可以看到，这里的鸡没有围栏，要围栏算么子本事。么事叫散养，随鸡去才是嘛。以为有么事秘诀，搞得很神秘，其实哪有么子科学讲究，凭着良心，守住本分，你的东西就比别人的好。"

这就是冉世平谈养鸡，一听就是扯闲篇，没有一句话算得上养鸡心得，明显他的心思不在鸡上面。但顾老师又不觉得冉世平是在吹牛炫耀。"一份耐心，一份守候。"这样文绉绉有哲理的话从冉世平嘴里说出来，虽不算意外，但还是有些滑稽搞笑。

冉世平不管滑不滑稽，继续他那跟鸡相关的话题。

"我的鸡，红烧并不好吃，炖汤才鲜美。记得一定要用砂锅，五小时以上。回去炖，不好不用送钱来。对了，汤炖好后，可以佐以山药，但一定得是花坪这块土地里长出来的山药。其他的，味就不对了，就可惜了一锅汤。"

看上去，这里不过是一片普普通通的竹林，这鸡不过是一群自由自在、缓慢生长在竹林里的土鸡，那些盆景不过是晒台上一盆盆形态各异、永远长不高的"千年矮"，日子就这么循环往复，波澜不惊，有规律地过着。没有灾难、战乱、人祸，几乎没有人知道这个隐蔽宅子的存在，而这个宅子也不想在世人面前袒露曝光。百度地图、高德地图强大的定位功能可以毫不费力搜索得到，却几乎从来没有被定位使用过。

一个蜗居深山没有去过大城市，没有见过世面，没有网络，不会手机支付的山野村夫（这样称呼似乎很不礼貌），何以心静如水？财富对他没有诱惑力，是他不晓得外面世界的精彩？是他自觉抵制财富的诱惑？一定不是这样。

宅子低调而有尊严，质朴却很高贵。不管是有生命的还是无生命的，都围绕着这座古宅，风吹雨淋，相生相伴，历经百年沧桑，顽强抵御着大自然的侵袭和锈蚀，昂首凝固在那里，各自守着独有的一份宁静恬淡。其中就有冉世平，冉世平的爷爷，他爷爷的爷爷。

冉世平并不急于让顾老师走，而是搬出凳子还泡了一壶茶，非要顾老师坐下来品，像招待久别的老朋友。这热情好客的举动是个前奏。他当然不会再谈无趣的鸡了，他揣摩到顾老师的兴趣已经转移，这一点，从顾老师的眼神里可以看出来。但他却不挑起话题，而是要等顾老师先开口。

顾老师递过去一支烟，冉世平用手隔开："你们城里的烟吃不来。"他费劲地点燃了生烟叶卷成的劣质烟卷。

他轻轻咳了两下，顾老师被飘过来的浓烈刺鼻味道呛得剧烈咳嗽。

从一来到老宅子看到晒台上摆放的盆景，顾老师就开始打主意，要是能讨要到一盆最好，讨不来的话，花钱也得买一盆。这其实是他的一个引子，探个路，看能不能找合适机会抛出一个更宏大的想法。

"再买只鸡，搭个盆景如何？"顾老师指向一堆盆景对冉世平说。

"再买十只也不搭。"

"不搭就不搭。卖我一盆总可以？"

"不可以。"

冉世平口气很生硬，样子却随和。顾老师觉得这个时候说出自己更大的想法早了点，起身要走。

"忙么事，生意不在，仁义在。还没讨教尊姓呢。"

"叫我顾老师好了。"

"我就说呢，一看您就是有个品位的文化人。来我这里，鸡也是真买，但意不在鸡，更不在盆景？"

"意在哪呢？"

"古宅。我没猜错吧，顾老师？实话跟您说，前两天有个理工大学搞建筑的王教授要租我家宅子，说是要抢救古民居，再不保护就消失了。我是动了心的，只是我那个民国老娘还在……"冉世平后一句话还没说完，朝宅子里屋瞥了一眼。

"你老娘这把年纪了，这个样子，自己都顾不过来。"

"嚯，顾老师哟，莫看着呆滞，蜷缩跟尊雕像，实际耳不聋，眼不花，清醒着呢。天上飞过的雀儿认得公母。打个盹都出花样，一只眼睛睡觉，一只眼睛放哨。只要她还健在，就是家里的老佛爷、老泰山，一切大事做着主呢。"

"那就是不想租哟？"

"也未必，万事总有个特殊，有个意外。何况还有悄无声息流逝的光阴，是不是？"

下篇

返回的路上，顾老师特意买了花坪本地产的山药，因品质好，价格是其他山药的两倍，配得上老冉家的品质鸡，也算不负人家的一片苦心。

经过五个小时的熬炖，鸡汤上果然飘浮厚厚一层黄油，拨开黄油，汤汁清澈，骨酥肉烂，开盖飘出来的味道就是和其他鸡炖出来的不同。不过这种不同，只是心理感受。顾老师想起去年在另一家农户买的鸡，回忆比较了鸡的不同，但想了半天还真说不上来两只鸡之间的差别，总之都很好。顾老师满足地喝下去一大碗鸡汤，过足瘾，赶着出门，把鸡钱给冉世平送过去。

还钱的路上，顾老师格外留意了冉世平家古宅周边的环境。

古宅坐落在山脚下，左边是成片水稻田，前面是竹林，右边一条路，拐了个九十度的弯通往古宅，这是唯一一条通到古宅的路。在拐弯前十多米的地方有座简易石桥，桥下面是条溪流，溪流清澈平缓，穿过竹林，灌溉稻田。溪流的存在，真可谓大自然天造地设的神来之笔，使得呆板枯燥的古宅被滋润而灵动起来，一起跟着灵动的还有这片庄稼、竹林。它们的气色比别的地方都好，弥漫四周的空气也比别的地方湿润清新。因为这条溪流的存在，百年古宅显得更加宁静安详，有水的地方会给人带来更多的安全感。

但就在拐弯的角上，平地盖起了一幢三层的砖混结构的楼房，打乱了这片灵动，折煞了风景。

顾老师来到古宅前的晒台，看到其中一盆盆景与一堆盆景分开来，被单独放在一旁，便蹲在地上欣赏这盆落单的盆景。

这盆比其他盆景矮小很多，造型却更加生动，更加精致传神。

冉世平哼着连自己也听不懂的恩施灯戏，摇晃着从正屋出来。他说戏词是胡编的："左边龙，右边虎，背靠山，前面水，方圆百里独我美。"只是美滋滋夸自家宅子风水绝佳。

戏词还真不是胡编，利川是著名凉都，年平均气温 23 摄氏度，盛夏不用空调、电扇，吸引着火炉城市武汉和重庆的市民每到夏天都来这里避暑。作为文化人的顾老师选择避暑地有他自己的考量，是利川的地名吸引了他。从利川的众多地名就可以看出，无不诗情画意：团堡的野猫水，谋道的苏马荡，元堡的花坪，凉雾的花梨，数都数不过来。连地名都这么有诗意，都这么浪漫，表明这里有着多么深厚的历史文化底蕴，植根在这块土地上的民间文化土壤又是多么肥沃。

退休的文化人不会平庸地歇下来，顾老师一直在寻找今后十年、二十年给自己设定的生活状态。想达到这种状态，需要有一个与之相适应的环境。花坪冉家大湾，有着诗一般的田园风光，符合这个条件。把避暑和吸收优秀的民间文化养分结合起来，正是顾老师梦寐以求的，这里可以激发创作灵感和激情。在古宅前的宽敞晒台，拾起很久没有摸的围棋，一壶茗茶，摆棋打谱，或邀三两好友，共同徜徉在风云诡谲的黑白之间，简直是神仙般逍遥日子。

第一眼看到冉世平家的宅子，顾老师就起了租的念头，认准了这就是他想象中的宅子。

顾老师和冉世平已没有生疏感，彼此都感觉聊得来，也就直奔话题："你说理工大的王教授租房是怎么回事？"

"他说是抢救古民居刻不容缓，再不保护就消失了。我看这是扯旗子，打幌子，捡初一的话说。"

"人家是搞建筑的教授，也许是真心实意的呢，什么叫捡初一的话说呢，难道非要捡十五的话说不成？你不要把人家往那方面想，能租就租，不能租就不租。"

冉世平好像对王教授租房这件事有想法，对大城市来的大教授并不看好，因而也怀疑顾老师的诚意。可同样是租房，两个老师的出发点明显不同。出于礼节，冉世平没有冷落客人，而是提出带顾老师去那幢在拐弯角上的三层砖混结构的楼房看看。

"那幢烂房是你的？"顾老师恨透了那幢新楼房，也就全然不顾老冉的面子。

"是呀，怎么叫烂房？新盖的，还透着水呢！"

"已经看过了，不是我说你，你就是个胡来煞风景的蠢猪，就是个抱着金盆不知是何物、一辈子养鸡的命。"

如果不是这幢拐弯角上楼房遮挡，从很远的地方就可以看到"八字朝门青瓦屋，飞檐翘角转角楼"的古宅神韵。更不要说站在古宅弯道前那座简易石桥上凭栏怀古，近距离一睹那飘逸雄浑的翘角，那明暗高低、时隐时现的檐廊，那高低和谐、错落有致的瓦坡。好端端一幅宛若映在翠竹古柏之中的水墨画，因那楼房的存在，转瞬间消失得无影无踪。

顾老师骂了一通，发泄过后，一下子想到了冉世平提到过的王教授。感慨行家就是行家，不愧是搞建筑的教授。显然，最终，不是冉世平愿不愿意租房的问题，而是人家教授想不想租的问题。

从顾老师对待新宅子的态度及所说的话来看，冉世平似乎明白了什么，他觉得是时候把真实的情况告诉顾老师了。

"顾老师你说的我都明白，你以为我傻？只是老宅子现在不能租，要租只能租新宅子。"

"我看中的是老宅，不是新宅。新宅满处都是，用不着租你的。"

"你也看到了，家里老泰山还在，好说夕说就是不肯搬新宅。不怕你见笑，两年了，新宅一楼客厅还没装修，房门前的路还没硬化，缺钱。"

"把老宅子租出去不就有钱了？"

"不成，老泰山挡路，这事办不成。"

老宅租不出去，新宅又没人愿意租，盖新宅的钱已经花光了，冉世平干着急。没有其他办法可想，只是想尽快把老宅租出去，用租金把新宅装修搞完。眼看新宅放了两年，却没法子搬进去，前面错过了王教授，他不想再错过顾老师。

顾老师的想法很坚定，而且没有可商量的余地，那就是只租老宅子。顾老师计划采取长租的方式，十年甚至二十年，正常情况自己总该可以活到八十岁吧。简单装修一下，结构上不作任何改动。当然，接入互联网是必须的。至于租金，他倒没多考虑，多点少点都不是问题。

冉世平急着租出去，巴不得马上签合同，问题出在老寿星身上，她不搬，这事就谈不成。

顾老师太喜欢这个老宅子了，事已至此，只有自己做出让步，这件事才有可能谈成。

做出让步的这个决定，是顾老师看到老寿星拄着拐，颤颤巍巍走到老宅前的晒台，靠在躺椅上那一刻做出的。

阳光猛烈照射在老寿星身上，老冉忙走过去帮老太太脱去棉衣，搭上薄单。然后拖过一把竹靠椅，撑开花布伞，遮挡住老太太的脸。老寿星眯上眼，舒服地躺着，悄无声息地陪伴着祖上留下的老宅子，进入了梦乡。

冉世平起身，收起花布伞。顾老师示意他坐下，继续撑着花布伞。两人无声，靠着眼神和手势交流，怕搅了老寿星的梦。

顾老师一旁看很久了，心里想：让民国老寿星在老宅子终老也算自己做了一件善事。他叫过冉世平说道："我先给你五万元，这个钱抵租金，把新宅子搞完再说。"

"使不得，使不得。虽说老太太风烛残年，只剩下一口气，但不知这口气何时咽下去。一年两年，三年五年？这钱不能收，会折老太太寿的。"

"我不是那个意思，我也希望老寿星长命百岁。你难道不想尽快把新宅子盖起来？"

"知道你不是那个意思，我还指望老太太冲百，为老宅子添喜呢。"

"你这是两难，不用客气了，明天钱打给你，老寿星安心住着，你赶紧搞你的新宅子。"

冉世平要留顾老师吃饭，顾老师却推辞了。冉世平端起晒台上单独放置的盆景要送给顾老师，顾老师收下了。

顾老师离开古宅前，看了老太太一眼，老太太睡得很熟。

两年后的又一个夏天，顾老师来到冉家大湾，见到冉世平的第一句话就是："老寿星终究没能冲到百岁，遗憾。"

淳朴善良的冉世平说："无疾而终，无灾无痛，不遗憾。人活九十九，要啥啥都有，也算功德圆满。"

冉世平的新房完工，顾老师搬进了古宅。至此，顾老师不再只是夏天来花坪，除春节回省城那几天，他基本都住这里，余生怕是以这里为家了。

夏天最热闹，顾老师会邀请当年"星耀班"的老同学来古宅避暑住一段时间。会自豪地介绍古宅的古往今来，会在晒台上聊天、品茶、下棋，他的围棋水平至今在"星耀班"的同学里无人能敌。菜园里各式各样的蔬菜，新鲜得很，还养了鸭和鹅。来的朋友多了，冉世平的妻子会过来帮忙做饭，来时还会拎只土鸡来。顾老师要给钱，冉世平会说："看不起？那好，改天我再来，你给宰只鸭，没有鸭，鹅也行。"

冉世平知道了"星耀班"的过往，对顾老师说："星耀班"的朋友也就是我的朋友，来多少都不是问题，老宅子住不下，还有新宅，分文不收。

『老头头』出书记

本篇人物：李粤生——原"星耀班"语文课代表。曾在市级报刊上发表过诗歌、散文。

"老头头"姓李，名粤生。"老头头"这个蜜糖称呼是老伴叫起来的，为李粤生独享。那年春晚小品《学车》里，蔡明嗲声嗲气"老头头""老头头"地叫着潘长江，老伴嫌家里沉闷老气，缺乏情调，想活跃一下气氛，小品还没结束，就腻歪歪地"老头头""老头头"叫开了。这肉麻一声，一阵阵老陈醋酸，激起李粤生一身鸡皮疙瘩，这辈子哪享受过这等柔情滋味。

这年正好李粤生退休，"老头头"的昵称也就从这年开始叫起，那以后就这么一直叫下去了。

"老头头"盯着"退休证"发愣，自己问自己：退休后的生活怎么打发呢？想了半天，没想出结果。心有不甘，继续发愣，寻找适合自己的打发方式。思路没有问题，想法也很坚定。总之一条，要跟以前上班一样，要有目标，有计划，要持之以恒，不能混日子。否则，再好的思路，再怎么有想法，在没有任何约束的情况下，用不了几天，必然打回原样。延续工作时的心气很重要，心气在，精神状态就出来了，也有利于身心健康。

如何才能保持心气长久呢？让自己有事干，有一件可持续的、天天惦记着的、萦绕心头割舍不下的事占据生活空间，这样日子就充实起来了，就能保持心气长久。

"'老头头''老头头'，过来搭把手。"凉台传来老伴的叫声。"老头头"还在沉思中，为没有寻找到心目中的"可持续的、天天惦记着的、萦绕心头割舍不下的事"正烦着呢，老伴这么一通叫喊，把思绪全给打乱了。"老头头"双手抱头，坐那儿身子一动不动，回了句："'老头头''老头头'叫得难听死了，能不能改口不这样叫？"

"我说老伴呀，你哪怕学着憋足的江浙吴侬软语，也算温柔可人了一下。可你偏偏龇牙咧嘴、五大三粗，爆出武汉方言，听着吐的感觉都有了。"这是他心里想的，嘴上可没敢出声。

一起退休的老哥老姐们，也不管要不要做饭带孙子，也不管有没有兴趣爱好，自己是不是那块料子，一窝蜂都赶去报了老年大学。这在"老头头"看来，就是一群无头苍蝇，盲目跟风的疯子。上年纪就是这样，听风就是雨，闻声当炸雷。一有风吹草动，就风声鹤唳起来，就往紧俏堆里钻。为什么社会新闻里受骗的大多数是老年人，看看他们扒心扒肝备粮草、屯米、屯面、屯板蓝根的样子就明白了。一副临战状态，搅得人心惶惶，动荡不安。

还有一种现象特别烦，使得他不想外出。很多老年人拿着免费乘车卡，有事无事坐地铁到处转，过车瘾，反正不要钱。他们也不想想，上班的人那么多，还好意思凑热闹跟人家抢座位？刷卡过闸的时候，传出"敬老卡"提示音，他们又不高兴了："不能小点声？"说这话的声音比闸机提示音还高八度。

现在很多在公共场合大声喧哗、互不相让、随地吐痰、不听劝阻的大多不是年轻人，反倒是上年纪的。有人给让座，也不谢一声，倚老卖老，而且绝不给年纪更长的人让座。

为老不尊，为幼不敬。不礼让三分，那最好就在家待着，不要出去凑数，免得丢人现眼遭人嫌。

起先，"老头头"意志坚定，不为所动。一段时间过后，见身边只剩下自己一人，他也慌了神，也赶去凑热闹。但看到老年大学课程里的专业设置后，却不晓得报什么班好。唱歌肯定不行，跳舞、模特想都不要想，烹饪、中医养生没意思，书法、绘画倒是可以考虑，但他担心坚持不下来，后来看到有写作班，他心想就报这个。不过很快，他就打消了这个念头，他不相信写作班能够学到东西，他从没有听说过哪个教写作的老师成为作家，也没听说过哪个作家是老师教出来的。那些空洞花哨的写作理论，有什么用！

书房传来琴声，老伴在弹钢琴。何不学钢琴？老伴是现成的老师。老伴也觉得学这个好，她还说，别的不敢说，教你绰绰有余。但"老头头"只热了一下，就面带畏色地退缩了。这个太难学，特别是五线谱，看得头皮发麻。"老头头"真是个赶不上架的学生。

最后，他决定不跟风凑热闹，不去上老年大学，什么专业也不报，就在家里。但不是学钢琴，而是埋头写作，写成什么样就是什么样，自我欣赏也好，权当是自己写给自己的。

小册子指道

这是一个人的战斗，现在战斗开始。

其实，"老头头"有基础，底子在。年轻的时候，他就爱写，习惯把看到的、经过思考的点点滴滴记录下来，几十年积攒了不少素材，把这些素材加工一下，就可以成为文章。至于文章好坏，有没有可读性，他没有太大把握，毕竟没有正式发表过。

但他相信把自己经历过的事情，经过提炼后写出来，总还是拿得出手的。起码可以做到真实、真诚、真挚，而用不着搜肠刮肚去编造故事情节，也用不着东拼西凑臆想没有发生过的事，更不会哗众取宠走八卦低级趣味的路子。

这个想法形成后，他制定了计划。首先想到的是要写本书，不过这个想法一产生，他就把自己吓到了，觉得有点自不量力，太狂妄了。转而又想，订计划嘛，目标总要高一点，再说私底下的事，反正不声张出去，何不一不做二不休，搞就搞大的，小敲小打和老脸不相称。

在美国带孙子的时候，为了打发时间，他坚持写博客，几年下来，有了几百篇，几十万字，能不能从这里着手，在这上面动点脑筋，挖掘一下？当时也就这么一想，还缺少怦然心动的刺激，缺少被打动的东西。让他眼前一亮的那个点还没有出现，或者说还没有找到，它还处在黑暗之中。

偶然一天，看到一本名为《旅美小记》的书，这是一个大学访问学者写他在美访学期间见闻的书，是一本适合游山玩水随身携带打发时间的小册子。书扉页这样介绍："一卷在手，由行者足迹悟美国精神。一叶知秋，从旅美记观大国风范。"书里面的每一篇文章，他读得都很仔细，在读的过程中，他感到这和自己写的博客很相像。

进一步，他又发现，就文笔而言，自己并不差，而自己博客所涉及的内容还要更丰富，知识点介绍更全面，可读性更强。被这本消遣小书所触动，正在黑暗中寻觅的"老头头"一下子看到了光亮。

《旅美小记》虽然只是无名之辈写的一本小册子，但序作者却是个大家，赫赫有名。虽为女性，却被尊称为先生，说出名字来，震倒一片。

该书作者可能有扯大旗嫌疑，但"老头头"提醒自己不要把人家往这方面想，有没有扯大旗是人家的事，自己要做的是把文章写好。他很快做出决定，从博客着手，对几百篇博客和十几篇写留学生家长的文章进行分类整理、修改，然后结集成书。这件事没有用多少时间就完成了，而与此同时的另一个机缘巧合，促使他的步伐加快了。

古塔旁齐哥发飙

那年夏天武汉出奇热，"老头头"受不了炙烤，去了利川团堡，在一个叫野猫水的僻静乡野享受清凉。"老头头"在这里碰到了好友齐哥。

野猫水村有座塔，叫宜影古塔。据考系清代咸丰年间建造，而"宜影"名字由来则无从考证。塔旁边有个湖，叫宜影湖，湖水平静清澈。湖面上有塔的倒影，这个自然形成的倒影，很可能就是宜影之名的由来。也许看到的人就这么随口一说，也就用不着探究挖掘，劳神费力去考证了。诗般的名字一直流传下来，以致野猫水村所在的镇子都改了名，成了宜影古镇。

湖边有个竹亭长廊，这是当地民居老板专为自家饭馆搭建的。长廊入口处有副对联："苗寨廊桥观影塔，土家名宿听泉声。"另一入口的对联则写着："小池宜照一廊清影，大道培生万里长风。"乡野之中果然隐藏文化高人，知道把做生意赚钱这件事跟文化与儒雅联系在一起。塔、湖、亭、竹，再配上自酿酒，就生出诗来，就有了田园画的意境，显示出这块风水宝地的古朴厚重。

和齐哥置身在这样的环境中，他俩相当于还是两个云游四方的老神仙。湖衬人影，一下子就融入了大自然的画卷里面，呈现出飘飘欲仙的景象来。等酒上桌，对影就不知成几人了。

酒是农家自酿的苞谷酒，菜是当地叫不出名的土菜，一盘土家特色的五花肉炒辣椒黄灿灿的，把两个老神仙搞得神魂颠倒，胃口大开。

齐哥微醺后，由避暑旅游说到了写书。他说他写了本书，叫《无边无际》，写的是旅游经历，类似游记。由写书又说到出书，他说："出书有两种方式，一种是出版社给书号，负责审核、编辑、插图、印刷等等。周期长，可能要排上一年，甚至更长。更重要的一点，编辑为了对出版社负责，对书中他们认为不适宜的地方，会自己动手改或要求作者增删，而删的部分可能正是你自己喜欢、舍不得放弃的地方，那从还是不从呢？

"另一种是不要书号的，作者自己编辑，找人画插图，然后到正规印刷厂印刷，这么做时间短、费用低，而且可以保留你自己喜欢的所有文字。当然，如果出什么事，一切责任自己承担。《无边无际》属于后者。"

听齐哥这么一说，正想出书的"老头头"生怕错过机会，想也没想，急忙说，那就前面一种方式。说这话的时候，他表现得很虔诚，很笃定。他只认可一种方式，那就是有书号的那种方式，那才叫有正式版权，没有书号算什么书？

转念一想，他又觉得齐哥的话靠不住，这么严肃的一件事，岂是花点钱就可以办到？他感觉这太随意，门槛太低了，就问道："水平达不到编辑要求也能出版？"回答："是。当然还是要经过审核，但总是可以解决。""怎么解决？"齐哥卖了个关子不答，"老头头"也不再追问，心想，既然齐哥这么说，应该有他的办法和路子。

一件很神圣、让人敬畏的事情，经齐哥三说两说，变成了一桩生意，可以讨价还价，可以打折扣。

齐哥醉了，"老头头"却没有。实际上，他在齐哥眼皮子底下投机玩了巧，半喝半吐。心里装着事，在没有到位的情况下，他不会就这么把自己喝倒，何况"老头头"的酒量比齐哥大得多。

酒桌上的市井嘴脸见多了，胡吃海喝，胡吹乱侃，夸口天下没有办不成事的人，踉跄起身，离桌一抹嘴，酒桌上的话就全不认账了，根本用不着等到酒醒。

大千世界，林林总总，或许齐哥是个例外呢。虽然齐哥的话没有解开疑惑，明显在敷衍，但铁了心要出书的"老头头"也顾不得市井嘴脸的可憎了。不管怎么说，大哥总归是大哥，还是要认的。大哥怎么会骗小兄弟呢？这一刻，他感觉看到了曙光，激情瞬间被点燃，冲劲一下子被撩起来。

回到家后，他立即着手整理以前的文字，很快就把整理好的文稿发给了齐哥，接下来就是等待。这期间，他围绕出书做了一些准备，先是请好朋友写序。

请谁写序？"老头头"有自己的考虑。他好朋友很多，但一定要找一个最适合的。"老头头"想到了"静观堂"堂主，"静观"是最适合写序的那一个人的笔名。

在美期间，"老头头"写的文章大多给静观看过，并且作过点评。这除了源于静观对"老头头"的了解，以及"老头头"对静观较深厚的文化底蕴和修养的崇拜外，更在于静观能够说真话、说实话，不修饰、不委婉，能中肯指出存在的问题，而不是无油盐地夸奖两句，对付一下，这是最重要的。

写序对静观来说不是一件难事，但静观开始并没有答应。他似乎已经看透了这个纷繁的世界，对一切都持风轻云淡的静观态度。这种态度使得他对身边的事物不敏感，生活中没有什么事可以让他反应强烈，可以瞬间被刺激到。

老成持重的静观先生比"老头头"看得更透：序写得好不好不在序本身，而在于写序的人是不是有名气，是不是所谓社会名流。静观认为自己是普通之人，即使把序写出花来，也未必有助于书的出版。所以从朋友出书的角度考虑，静观不想接这个费力不讨好的活，高傲地保持着一贯看事待人的态度。但最终，他经不住劝说，还是接了这个活。

"老头头"压根不认识什么社会名流，从内心讲，也讨厌扯大旗、傍名流。虽说写序的静观有比较高的学识素养，但还没有高到可以入流的程度，不过是好友之间相互欣赏，也就没有"扯"和"傍"的嫌疑。如果出版机构势利眼，非要看重书作者名头，看重序作者名头，那只有随他去了。

大概过去了一个月的时间，齐哥说："编辑看过，认为不错，有出版价值。不过考虑到各种牵涉因素最终能不能出版还不好说。是不是还是考虑不要书号那种，又快又省钱？"闹了一圈子，又回到没有书号的路上去了。

齐哥无关痛痒的几句话，一听就是在推诿打发人。出不出书是一回事，即使不出，在与编辑的沟通交流过程中得到指教和点拨，对提高写作能力也会有帮助。可搞了半天，他到现在连哪家出版社都不知道，更不要说编辑姓甚名谁了。

又过去一个多月，见到齐哥，齐哥却避而不提书的事，"老头头"也不好意思开口，心里猜想，一则情况有变，齐哥说过的话无法兑现，二则自己的水平达不到出版要求，齐哥这是顾及兄弟面子。那以后再无下文，哥还是哥，弟仍是弟，还是以兄弟相称。

出书的事就此搁下，静观违背自己意愿，费力写好的序也因此搁下，这让"老头头"觉得对不住朋友。

后来了解到，齐哥的女儿在一家出版社做编辑，在业内有一定人脉，可见齐哥也不是信口开河地吹牛揽事。"老头头"从自身找原因，觉得十有八九还是自己的水平问题，怪不得人家。

张博士倾心力荐

2019 年春节过后约好友吃饭，席间好友说起他女婿张博士来："这是个嗜书如命的书呆子，除了写书，什么事也不会干。这不，最近又出了本书。"说完递过一本。这本书和好友的话引起"老头头"的兴趣，急切地问："你女婿现在在哪？走，找他去。"

见到张博士，"老头头"把出书的想法和盘托出，还把前面齐哥的事给他说了一遍。张博士说："您先把书稿发给我看下，再看怎么操作。"

书稿发给张博士只几天就收到回复："我已看了您写的书，写得很好。我的意见是，前半部分写的这些家长的人生经历，各有特色，后半部分更侧重自己的家庭和观察，很细腻，但不够系统。总体而言，前半部分比较适合出版，可以考虑扩充。供您参考。"

张博士是北大文学博士，从他嘴里出来的话，自然很有分量。不过，"老头头"担心他会不会看在自己是长辈的份上，说几句好听的话，免得自己这个当伯伯的难堪。

于是他又约见了张博士。张博士说："大作选材很好，文字也没有问题。留学生家长是个庞大群体，写给他们看很有意义，也有受众。"

"老头头"想把这件事做牢靠，便对张博士说："能否署个名或者帮忙作个序？"张博士说："署名倒没必要，不过等出版社有了反馈意见，写个序倒是可以考虑。"

从内心讲，"老头头"当然还是想扯北大博士这面旗帜撑门面。张博士堪称青年才俊，以他名校博士的金字招牌，扬名的路子有很多，用不着靠为书写序出名。倒是真要署了名，于张博士，恐怕不是扬名，而是毁名了。

张博士办事认真负责、尽心尽力的态度，很快就在随后的一件件事中体现出来。

在把书稿寄给出版社前，张博士已经写好了序，并按书稿出版要求进行了排版编辑。他还让"老头头"不要着急，要有思想准备，出书是件费力耗时的事，是场马拉松。

一个星期后，"老头头"收到张博士的微信，是聊天记录截屏，出版社回话了："编辑认为选题很有意义，该书涉及的群体和社会现象值得关注，会吸引相关群体关注。文笔也很好，细节很生动，具有出版价值，申报选题没问题。我们在等消息。"

这给"老头头"一个很大的惊喜，如果说张博士对书稿的评价有鼓励成分，有避免长辈难堪的嫌疑，那么编辑的话就不存在这个因素了。编辑出于职业道德，为了出版社的信誉，本着对稿件高度负责的态度，在与作者之间没有任何关系的情况下，不会违背原则说违心的话。这很像第三方评估机构，做出的评价应该说客观公正，真实可信。

等待了一个多月有了结果，编辑回话："书稿选题没能通过。"

倒是张博士在鼓励："没关系，很正常。这家出版社不行，再给您找一家。"张博士语气坚定，不像是在为别人的事，倒像是为他自己的事。

书稿终审没能通过，有些遗憾。虽嘴上说不过是丰富退休生活，自娱自乐而已，能出版最好，出不了也不懊恼，可从内心来说，"老头头"还是渴望能出版的，毕竟他在上面花费了大量心血。这里面当然也有面子问题，人总有虚荣心吧，尤其老年人。你说自己的文章还可以，怎么证明呢？正式出版是最好证明，这是一个衡量标准，是一个高度。正如，你说你很能做生意，得看赚了多少吧，得有第一桶金吧，得是白银"哗哗"进账吧。

不过既然已经这样了，他也就接受了现实，慢慢放下了。考虑到这次不成功并不是因为自己文字不行，而是水平以外的原因所致，这多少是个安慰。

时间到了五一前夕，为书稿出版忙了几个月后，"老头头"想到要出去散下心，便约了朋友自驾去河南的红旗渠和郭亮村。

张博士没有征求"老头头"的意见，直接把书稿推荐给了另一家出版社。"老头头"后来是看到这家出版社编辑给自己写的"关于书稿的初审意见"才知道这件事的。编辑阅稿很认真，提了很多有益的意见，回了很长一封信。读到这封长信，是在河南的郭亮村。

看到编辑审稿意见，虽不再像前一次那样内心波澜起伏，但编辑的肯定，还是很让他高兴。不过想到难以逾越终审这一关，他也就不敢有奢望，而是抱着随它去的态度了。

自驾返回后，"老头头"便埋头改稿。这是个很辛苦的过程，比创作还累。大概一周时间，他完成了修改，然后给编辑写了篇回复。改完稿后的轻快，让他把书稿的事暂时抛在了脑后。编辑会不会回话，怎么回话，也再懒得去理会了。

很久没去东湖绿道了，趁着阳光明媚，"老头头"想去散散心。绿道一角有几个钓者，他便凑了过去。岸边三个钓者相隔一米并排坐着，三个人都跷着腿，慵懒地靠在帆布折叠椅的靠背上，把钓竿尾夹在两腿之间，牢牢固定住，手上则各自干着不同的事：一个抽着烟，一个抱水杯，一个看手机。

长长的鱼竿静静杵在湖面上，鱼漂扎在水里一动不动。"老头头"观钓不语，盯着鱼漂几分钟，被湖面太阳光的反射刺花了眼。再去看三个钓者，半倚着折叠椅各干各的，相互之间也不搭理，极度舒适，极度享受，极度自我。

观钓的开始只有"老头头"一个人，慢慢围拢过来一二十个，把钓者围在中间。观钓的目光也一致盯着鱼漂，同样相互之间不搭理，这和围观下象棋、斗地主时插话、起哄、支招的情景大不相同。一大群人不出声，面无表情，傻傻地堆在一起，在太阳余晖的映衬下，像是堆放在湖岸边、没有经过任何雕饰的古铜色雕像群。

"老头头"毁了雕像群，从前排退到最后面，心里想：这有什么好看的？都不出声，也没看到钓上一条鱼，谁还都不愿离开，为什么呀？

枯燥又寂寞，一坐大半天，鱼儿上钩还有点趣味，要是迟迟不上钩，岂不是一直看水中的自己？

但他终于明白了，钓鱼的乐趣不在钓，而在于躲，在于逃避。独自一人，悠然自得，终于没有老伴整天跟在后面唠叨，可以跷起二郎腿来吞云吐雾。运气好时，钓上几条来，哪怕是虾米，不空手回家，哄老伴高兴，就再好不过了。

一面体会着钓者的心境，一面对比自己眼前的心境，"老头头"发现有相同的地方，一下子感到心情舒缓了很多。人虚幻地哄自己高兴很简单，可这之间有关联吗？不挨边的事，自找乐子穷开心一下，就舒缓成这个样子。

先为写"序"道歉，后惹恼发小

然而，书稿之外冒出来的事，为"老头头"所始料不及。他想起了先前有关"序"的事来，这又是出版过程中的一个小花絮。

几年前程强兄听说"老头头"在美国写了些文章，要"老头头"发给他看看。考虑到电子版字太小，"老头头"便打印出厚厚一摞没有修改过的书稿给了他。

"老头头"清楚记得，当时他马上又要去美国了，送书稿算是辞行。程强兄接过书稿，"唰唰"快速翻了翻，又颠了两下，说了句："好有分量。"接着又说："今后要是出版的话，莫忘了让老哥给写序哟。""老头头"顺嘴回了句："那是，那是，一定，一定。"不知程强兄一句"好有分量"的话，是指一摞纸的重量，还是指书稿文字的质量。

那是个雪花飘飞的深夜，已经转钟了，温暖、喧闹、浑浊的麻将室刚刚散场，冷清萧瑟的街边与程强兄一来二去的几句话，"老头头"却依然记得。那时，将书出版还只是个奢望，很像漫天飞舞的雪花，飘的时候没有声响，落地没了影子，过程看似有形，实则虚无缥缈。

就是在这样一个特定的朋友分别场景，一本不成形的书稿会预示什么东西的到来？在漆黑中等待光明显现的时候，会有什么奇迹发生？一切都无法预知，但一切又包含着美好的期盼。预示只是预示，期盼与现实总有距离。不过可以肯定的是，雪花飘飞过后的天空更加晴朗清新，大地总会回暖。生活因为不知道结果才会为结果去期待，去守候，去努力。够得着的，够不着的，盲目的，清晰的，什么都有。

可"老头头"真正想到要出书，是去美国之后的事，更准确地说，是退休后的事。然而，真到出书的时候，他却把程强兄写序这事给忘了，成稿时除张博士的序外，再就是请静观写了序。

后来，他特意请来程强兄和静观先生，当着面在餐桌上说了序的事。他说得简单直接："请静观写序，理由只有一条，他是留学生家长。"这话不是敷衍，不是搪塞，理由充分在理。程强兄很包容，说："这件事我真的忘了。静观写序，比我合适，真的。"

也许此老兄确实忘了，但"老头头"不能忽视掉，答应朋友的事，兑现不了，就要当面把情况说清楚，彼此都理解就没事了。席间他还说了很多感谢的话，算是给朋友一个交代。

接下来发生的一件事，很像那晚麻将室外雪花飞舞的情景的再现。

可这情景不断展开，继续衍生出了严重的问题。那雪片漫天飞舞，达到暴雪级别，南方极少见。

就在等待出版社回复的时候，"老头头"鬼使神差地把书稿寄给了远在大洋彼岸的发小，不想却惹出大祸。

回头去想，当时如果把第三稿寄去，也没有问题，偏偏是四稿，也就是终审稿。他把三稿里面《不想去的超市》章节，换成了《他会来看我吗》。就是这一换，惹恼了发小。

书稿通过微信发出去几小时就收到发小的回复，且不说中美十二小时的时差，那十几万字、几百页电子版文稿，无疑发小根本没有按书稿顺序看，而是直奔"主题"，紧接着便提刀杀将过来。他怎么知道这篇文章是写他的呢？

无须省略，全文引用发小文字：

你写家长，本来就与我无关，因为我不是家长，来美国也没沾下代的光。我毕竟是第一代移民，一个在中国和美国都毫无背景的小人物，在中年以后闯关过海，完成一系列既定目标。到了晚年从事自己的本专业工作，治病救人，靠劳动为生，本身就是想逃离那繁杂的社会。但一个明显的标签插上身后，就又被描述成自己都看不起的人物，实在是人生一大遗憾，这从根本上毁灭了我对那些友谊最后的一丝念想！

减轻甚至消除怀疑最好的方式就是采取行动消除不良影响。我也不知道影响到了什么程度，前一阵突然有同学问起我是如何来美国的，是不是坐的船？还有人问我来美是什么签证。整整二十年了，从来都没有人关心过我的这个问题，我好奇怪，一个与世无争的人，怎么一下子吸引了这样多的目光？总不要出版后造成更大的永久性伤害吧！

我也不妨跟你说个实话，同学聚会时打麻将，我从不打吧？你们抽烟，我要在密闭的空间里吸二手烟吧？超标的非健康饮食不是医学生的兴趣吧？我为了感情和友谊全然不管不顾地屈就意思，到头来，朋友不仅不理解，反还要从他自己的意境去发挥想象力来恶心你，这是悲哀！

看到有关西雅图学医的那个发小的描述，极易误导国内读者，因为在美国生活而且还是学医的人对饮食极其讲究，对国内的超标摄入量是反感的。稍有医学常识的人都会感到这个人物描写得太假，如果描写的不是一个学医的人而是一个经商暴发户，那才有可信度。我们医学群里讨论的，以及我转发的帖子，都是关于如何健康饮食的，我在美国看到的暴发户才是你描述的那样饮食。这些提出来供参考，也希望你的作品符合逻辑，也尊重学医的人对生活的态度。否则，有一点点常识的人看后，就会发现你的描写太假。在美国生活的有知识的，特别是学医的人更多的是注重健身。

大段大段的回复，语言尖刻，语气刻薄，用词凶狠，搞得他透不过气来。"老头头"承认自己的文字戳到了发小的胸口，而发小的回复，也句句扎在了自己的心上。

半个多世纪的相交，有什么理由要互相伤害？《他会来看我吗》只是真实记录还原发小回国时朋友同学相互宴请的场景。文章里面引用的对话，是真人真事，是真实发生的，并非由"老头头"傻里傻气地付诸笔端。文中写到他在美国时，发小是否会从西雅图到费城来看自己的情节，也是真实的，但没有下结论，留下一个悬念交由读者思考。该篇内容反映了早年去美国且已经入籍的"留一代"在人情世故观念上的变化，并对这部分人群在回国互相宴请中普遍采取的双重标准提出了看法跟思考，篇幅并不长。

事已至此，能做的也就是道歉了。尽管强调不要对号入座，但文章却是实打实地在写，能让人家不对号入座吗？人家能不伤心吗？

五十多年的发小情谊，未必真就顷刻土崩瓦解了。打小建立起来的情谊岂是说垮就垮的？情谊比出书重要，"老头头"立即找到同为发小的静观说了这事。静观说得直截了当："唯一的补救办法就是，不管出不出书，撤出该篇，避免扩散，最大程度减少影响。"

于是他不管时差，顾不了发小睡了还是没睡，立即发了微信："发你的是第四稿，此稿是按编辑要求进行修改的，除编辑外没发任何朋友。该书不管出不出版，都会将相关章节撤出，避免扩大伤害。至于你提到的一些传言，我根本不知道，跟我写书没任何关系。若是有意要伤害，也就不会把书稿发你了。再致歉！"

静观的建议果真奏效，"老头头"很快收到回复："好兄长，没事了，翻篇！""老头头"这才松了口气。不过发小是不是真翻篇了，是不是真从心里消除了阴影，难说。倒是"老头头"觉得这篇在自己这里翻不过去，阴影难消。他不是责怪发小不理解，而是责怪自己鲁莽，考虑不周全。

这件事给"老头头"提了个大大的醒，写文章原本是为了丰富退休生活，但老话说，言多必失，文字也一样。写身边的人，不能往实了写，明眼人一看就明白的，就容易伤害他人。感情这东西，伤害不得，也伤害不起，一旦撕开口子，愈合就难了。这就违背了他退休后写东西的初衷，伤人心伤己心，急火攻心，必然伤到身体。

过不去的关口

"老头头"正陷在沮丧烦躁自责中，出版社编辑却带来了惊喜。先是问印刷册数，后报来价格，什么封面、内文、制版、烫金、锁线、塑封，尽是出版印刷专业术语。

到了这一步，按理说应该没有什么问题，就等着打款签合同了。这个时候"老头头"开始有点沉不住气了，幻想起新书签赠来，在朋友、朋友的朋友的一片赞扬声中，神清气爽，抬头挺胸。

某日群里有则消息，说是一位高中语文老师退休后在当地搞文创，因缺乏资金，在一次"化缘"活动中，面对众多参会企业家和老板，低三下四，点头哈腰，为斗米折腰，斯文扫地，全没了文化人的傲骨。"老头头"并不想拿这件事去对比自己即将来临的高光时刻，倒是暗自庆幸，自己上班工作的时候没偷懒，也还算有点经济头脑，所以用不着为出书这点钱丧失骨气，辱没斯文。只要自己愿意，即使再多也不是问题。他转而又想，真为了生活奔波劳累，吃上顿愁下顿，那还写什么狗屁文章。

生活中，真能靠写书养家糊口谋生的，那只是天生为写书而生的一类人。生活中这样的人少之又少，郑渊洁、韩寒算得上。而所谓因为生活所逼、穷困潦倒揭不开锅才去发奋寻觅一条生路的励志说法，那是哄鬼的话。

又过去一个多月，他仍未接到出版社的将要出版的通知。这期间，中美贸易摩擦愈演愈烈，美国对中国商品加征关税，贸易战刀光剑影，而各种传言也是甚嚣尘上。传言听听就算了，他也没太当回事，直到某日央视新闻联播播出官方消息，他才真正感到事态的严重性。

新闻联播中说，中国外交部发布赴美安全提醒，鉴于近期美国执法机构多次采取出入境盘查、上门约谈等方式骚扰赴美中国公民，提醒赴美中国公民和在美中资机构提高安全意识。中国文化和旅游部也发布赴美旅游安全提醒，鉴于近期美国枪击、抢劫、盗窃案件频发，提醒中国游客要充分评估赴美旅游风险，谨慎前往。这两则安全提醒的有效期均至当年年底。它们显示，美国作为中国公民出境的一个主要目的地，治安环境正在恶化，旅游风险不断提升，甚至执法的指向性与歧视性也越发明显。这不仅危及中国公民的人身安全，也严重损害中国公民的合法权益，中国有关部门因此不得不发布安全提醒。

类似提醒，常见于针对贫困、疾病、战乱国家和地区，现在针对美国，可见两国关系严峻程度之高。如果说"老头头"在这之前还抱有幻想，寄希望于奇迹出现，那么这则消息的播出，使他基本放弃了幻想。无疑，出书的事，到此为止了。

果不其然，张博士电话来了："最终评委会没有通过，编辑不好意思面对您，只能让我转告了。"

仿佛那日情景重现，同样又是个雪花飘飞的寒夜,时已转钟。温暖、喧闹、浑浊的麻将室刚刚散场，"老头头"没有和麻友招呼一声，便一头扎进了冷清萧瑟的昏暗里去了。

地铁、公交早已收班，经过身边的出租车会本能踩一脚刹车，"嘀嘀"两下，希望在寒冷萧瑟的黑夜礼貌地拉到一个客人。但"老头头"不理睬，也不回个礼，而是自顾自地漫无边际地走着。

重现的情景还有大片大片飘洒的雪花，依旧是飘的时候悄无声息，落地就没了影子，过程看似有形，实则虚无缥缈。

经历了两次退稿，"老头头"对当初抱着为丰富退休生活，持着玩玩的态度去搞创作产生了疑问。他开始神情严肃而凝重地重新审视出书这件事。写书是件苦差事，想正规出书，更是需要有严谨的态度和敬畏之心，再加上持之以恒。指望只是打打闹闹，如各类票友、发烧友那般凭兴趣、过瘾找乐子那样轻松洒脱，是难以实现目标的。

客观地说，虽然大环境不利于出版，但书稿内容比较单薄、缺乏深度，且显凌乱是事实，归结起来，问题还是水平达不到要求。如何更深层次地挖掘留学生家长内心的东西，是他今后要着重面对的。

又将再次赴美。"老头头"给张博士发了微信："即将赴美，既是过往的重复，又将是新的开始。此行又将有机会接触更多家长，又有新的东西可写，充实完善书稿，把记录留学生家长在美生活这件事做好。"

文字看上去很官方，中规中矩，一点不像"老头头"的语言风格。他并没有刻意要这么做，完全是内心自然流露。

壮士出行，在这个时刻，营造出一种仪式感来，为自己打气加油，说些鼓励自己的话，总比什么也不说要好。嬉皮笑脸，满不在乎总不好吧？

当然，生活并不止这一件事，要看书，要自驾，要打球，要搓麻将，要这，要那，有很多个要。但这件事不是一口气能吞下，一锅烩得了的。想到这些，"老头头"迅速合上笔记本电脑，不再想出书的事，睡个好觉再说。

费城华埠

他并没有睡，不是不想睡，而是心里还放不下书，怎么也睡不着。又要去美国了，书该怎么写，怎么个走向？他一直思考着这个问题。书稿被拒绝了两次，无疑是对信心的不小打击，他怀疑过自己的能力，想到过打退堂鼓。如何能够重新建立信心，没有别的办法，只有在自身找原因，在文字上下功夫，尤其是在挖掘人物内心深层次方面下功夫。

"老头头"想到了当初张博士读自己书稿时给出的意见："前半部分写的这些家长的人生经历各有特色，后半部分更侧重自己的家庭和观察，很细腻，但不够系统。总体而言，前半部分比较适合出版，可以考虑扩充完善。"既然书稿前半部分比较适合出版，何不就从这里下手，放弃写自己家庭的部分，改成写其他留学生家长，一个一个地写，把他们在美国的真实生活一一呈现出来。

带着对书稿的重新定位和思路的调整，他又一次踏上了去美国的行程。灵感需要由一个特定环境去激发，写留学生家长的故事，放在国外当然最合适了。"老头头"心里盘算着，事不过三，此番去美国后，要最后一次"冲击"出版社，不行的话，就此搁笔，不再碰半点文字。

到美国的头一件事就是见之前那位被惹恼的发小，这个想法他在机场候机的时候就有了。自从惹恼发小，他心里仿佛压了块大石头，不当面道个歉，跟发小把事情说清楚，尽快把大石头搬开，这书是写不下去的。

他们约好在费城标志性建筑"费城华埠"的牌楼下见面，然后去发小开的牙科诊所。

追溯"费城华埠"的开埠时间，比旧金山的唐人街还要早，费城又是美国开国建都的城市，因而更有历史感。但"老头头"约发小在这里见面，没有什么特别寓意，不过是标志性建筑好找而已。他压根没有心思在这里玩深沉，或是想去寻觅什么，比如早年华工海外漂泊踪迹，华工艰辛创业历史，等等。如果说一定要寻觅什么的话，他倒是想过，要在这个特定的地方，找回和发小五十多年的过往，修复自己不小心造成的严重伤害。这算不算是某种心理暗示呢？

费城淅淅沥沥地下着小雨，清新但湿冷，也就为美利坚的这座开国城市平添了厚重沧桑。又因为在华埠这样的地方，在一个遥远的国度里放眼望去到处是熟悉的文字和黄皮肤，亲近里面又夹杂着一丝凄凉和伤感。

发小如约而至。上次相见是在国内，已过去了三年。

发小上来一个拥抱，结实而有力。发小用手掌急速拍打"老头头"后背，发出"咚咚"声响，像是在给溺水者实施紧急救治。"老头头"不习惯男人间的亲昵，下意识地抵抗。发小不管这些，美国待久了，他已经习惯了这种见面方式。发小不松劲，不撒手，把"老头头"后背当成了一面鼓。

这急速敲打的背后，于无声处，是发小情感的瞬间爆发。美国费城这个具有历史意义的名城，记录下了一对来自中国武汉的发小跨越半个多世纪的友谊故事，述说着两人从小到大，再到老，长达一个甲子的人生经历，其中或许还有委屈、埋怨，甚至是愤怒。

华埠牌楼边上有个叫"聚福金阁"的粤菜馆，在华人圈里很有名，发小指名就在这家店喝早茶。"老头头"祖籍广东佛山，喝早茶当然再好不过。

进了聚福金阁，里面餐桌已经坐满，楼道里等待就餐的有十好几人。拿了号，俩人靠在楼道墙边聊着天，等待叫号。等了约半小时，只见满嘴流油的食客三五成群擦身而过，下楼朝门外走去，却迟迟没有听到叫号声。反倒是排在后面的被叫到，提前上了桌。

"老头头"感到奇怪，问发小："后来的都上桌了，怎么不叫我们？"发小回："这里叫号的规矩呀，就是这样，离开的一桌是几个人，后面补上来的就是几个。比如，我们是两个人，那么离桌的也得是两个人。"

"那要是一直没有两个人离桌怎么办？"

"那就一直等呗。"

"这是什么古怪规矩？"

"古怪是古怪了点，却不失为精明商人使出的高招。当然也不会让你一直等下去，一般不会超过两拨。有时还有可能和别的食客拼桌。店家规定，每让一拨人就会有十个点的折扣给你，以此类推。等待的时间长了点，但人家让利，不亏待你呀。"

"我要是坚持不让呢？"

"那就是你的不是了，那叫歪。入乡随俗，总得讲个规矩嘛。"

"要是让十拨人，岂不免费？"

"当然，不过那就不是喝早茶，得改吃晚饭了。"

"聚福金阁不是广东餐馆吗，我这个广东人怎么没见过这规矩？"

"你那是在中国的广东，这是哪里，这里是美利坚，是宾州费城的广东。"

发小介绍，这家餐馆的老板是广东东莞人，从他爷爷那一辈开始经营。老板祖上是早年来美国挖煤的矿工，赚了点钱，就盘下了这家餐馆，为的是不让后人再去干挖煤这样辛苦危险的营生。餐馆经营者换了一茬又一茬，但菜品始终保持着纯正的广东风味。这家餐馆在华人圈里名气很大，一直保持着良好口碑，常年顾客盈门。

"老头头"感觉到发小是这家店的常客，要不怎么谙熟店家的店规和历史。

在一个两人座的餐桌前坐定后，由聚福金阁的店规，"老头头"想到了《他会来看我吗》这篇文章。这是一种被敲击般的猛然觉醒。发小何等精明，带他来这家餐馆绝非随意，里面蕴含着什么？有什么暗示？"老头头"已经无心品尝正宗粤点了。

这样的联想不是没有道理，"规矩"两字一直在心头萦绕。不同地域国度的规矩，约定俗成的规矩，以及规矩的适用范围，等等，都好像直指那篇戳心的文章。而发小又选择在合适的地点不动声色巧妙地暗示，他对文章的回复，在激烈措辞的背后，述说着自己在美国二十多年打拼创业的艰辛历程，蕴含着不被理解的遗憾和痛心。

复杂的情感纠缠在一起后，最可怕的是演变成对立和仇恨，从聚福金阁出来，"老头头"可以肯定，这种可能已经被排除了。

吃过早茶，发小突发奇想，要带"老头头"去华盛顿特区转转，而放弃了事先说好的去牙科诊所的想法。"老头头"去过多次华盛顿，本不想去。但转念一想，他们先是为店家"规矩"排队坏了心情，耽误了时间；后是在觥筹交错、人头攒动的嘈杂大厅中就餐，无法深聊；更为重要的是，发小是东道主，要是推辞的话，他心里会不舒服。再则，和发小在一个私闭的狭小空间里，好好叙下旧，翻出五六十年前的回忆，有利于缓和修复两人关系，这是值得期待的。

从费城的"华埠"出发到华盛顿特区不过两小时多一点车程。一路上都是发小在讲，他憋得太久了，用他的话说，已经很长时间没有用中文，特别是方言，来淋漓尽致地表达了。"老头头"当然感觉得到，方言表达词义的准确性在百分之百，其营造出的语言环境贴心暖心。以至于一路说着说着，彼此都不知说了些什么，这倒是应了这样一种场景：谈话内容不重要，两人独处敞开心扉，信马由缰才重要。

发小终于意识到"老头头"是"客人"，基本礼貌要有，便收住了话题，问："去过国会山、白宫吗？"

"去过。"

"那——林肯纪念堂？"

"去过。"

"五角大楼呢？"

"能够进去吗？开车路过时见过。"

"华盛顿国家大教堂呢？"

"这个没有。"

"那就奔华盛顿国家大教堂。"

华盛顿国家大教堂，也被称为华盛顿大教堂，正式名称是"圣彼得和圣保罗大教堂"，建于 1904 年，也是少有的长方形哥特式大教堂。

"老头头"自己想多了，以为发小带自己去大教堂又会有什么特别的隐喻在其中。事实上，发小只是尽地主之谊：不是没有去过吗？这么著名的景点，不去岂不遗憾。没别的意思，什么隐喻也没有。

站在大教堂顶层，向远方眺望，美景尽收眼底。发小指给"老头头"看："远处绿树掩映的棕红色城堡似的建筑群，就是美国前副总统拜登的豪宅。""老头头"漫不经心地"喔"了一声，一点不好奇，也不感兴趣。面对拜登豪宅，发小真没有特指，"老头头"也知道发小没有特指，就是当个景点罢了。

没有想到两年后美国总统大选，政坛热闹非凡，挑翻在位总统的正是这位高龄前副总统。后来的出书过程七扯八拉地竟与这场毫不相干的总统竞选牵扯上一点边，此为后话。

费城"华埠"见面后的相当一段时间里，"老头头"还沉浸在自己的情绪中走不出来。一段时间后，他才明白过来，不能怪发小不理解自己的文章，问题不是发小原不原谅自己，而是自己能不能原谅自己。

压在心头的石头被搬开了，他终于可以安心去写作了，一切按原计划进行。"老头头"已经想好了，来美国写的第一个人物就是发小，篇名也就叫"发小"，而且一定要放在集子的首篇。

在美国的半年时间里，他着了迷似的一有空就往华人堆里钻，见人就攀谈，跟个街头记者似的；又像是个搬弄是非的邻家大妈，东家长西家短，打听这个，打听那个，往深里挖，越离奇越好。

等快回国的时候，已经集齐了所需的书稿素材，甚至初稿的大部分也已经完成，回国后的任务主要就是修改了。

"老头头"心情愉快地登上了回国的班机。

第三次冲击

"老头头"又结识了一家出版社的陈编辑，相互加了微信。

终于把书稿寄出去了，书名为《留学生家长在美国》。书中写了十八个留学生家长在国外的生活经历。基本内容是：随着留学大潮的汹涌而来，越来越多的年轻学子负笈海外，同时，越来越多的空巢父母或者不甘寂寞，或者不放心孩子一个人在外求学，纷纷加入了海外陪读大军。本书即聚焦这个越来越庞大的群体。这些富有阅历的年长者对于新鲜事物往往会得出与年轻的学子们不同的结论，书中记叙的事例不仅从多种维度启发我们对海外世界的思考，更有着这些父母在陪读经历中得出的经验教训。

书稿寄出一个多月后，陈编辑回了信。

他是这样写的："李老师您好，感谢您的信任与支持。为了提升选题的通过率，同时也有助于日后图书面世的畅销，我们会为您的作品做尽量详尽的策划。"

在这之后，"老头头"与陈编辑有了频繁沟通。时间过去了两个月，他才明白，陈编辑作为该书稿的责任编辑，所说的"尽量详尽的策划"，都是为了让书稿在"选题"评审会上能够顺利通过。

最后提交到评审会的书稿定名为《跨洋陪读必备手册》。和原书名相比，有两个不同的地方。一是去掉了"美国"字样，留下更宽泛的不分国别的"跨洋"两个字。二是更具功能性的"必备手册"。

选题顺利通过了评审。接着，他就和出版社签订了出版合同。

但是他并没有让自己轻松下来，因为有前两次退稿经历，他知道签了合同还不能算事情就定下来了，没见到书稿清样，没见到正式出版的书，一切都不能算数。只是此时，他已经建立起了信心，憋足了劲，开始酝酿下一步的创作计划。

生活恢复到往常，这是暂时的平静。

接下来的等待，不光是煎熬折磨，他整个人几乎都像是被架在火上炙烤，很可能会把原有的希望和期待烤煳烤焦，更不要说残余的信心了。

又是一年年终，读老年大学的那些老哥老姐们到了他们忙着展示一年学习成果的时候了。社区为老年人搭建了展示平台，各种文艺活动丰富多彩。除了广场舞大赛、歌咏比赛，书法、绘画、篆刻的展示也放在了社区会议室。"老头头"想去会议室看看老哥老姐们的学习成果，老伴也提议去看看。这一看，他就急了。原来练毛笔字、学画画的几个老哥哥，水平实在不敢恭维，现在人家的作品挂在墙上，有模有样。那龙飞凤舞高傲的落款，那大红清晰的萝卜印章，还有那精细的装裱，出彩又长脸。

在老哥哥的作品面前，"老头头"不敢直视，想到自己的书，感觉墙上的每幅作品都在扎自己的心，让他无地自容。

满腹懊恼、情绪低落地回到家中，老伴一眼就看出名堂，不但不安慰，反而添油加醋，讥讽起来，挤眉弄眼地说："出书嘛，有三种可能，一是出，二是不出，三是被骗。我看八成是被骗。"

"你个老婆子，把乌鸦嘴给我闭上。"

"信不信是你的事，你不说事情就不存在了？要不再打个赌。"老伴越说越来劲。

当时正逢美国总统大选，两党总统候选人闹得不可开交。老伴说："如果特朗普连任，你就算了吧。如果拜登上台，那恭喜，你就不用'算了'。"当时各个州的投票情况，特朗普是领先的，媒体舆论普遍预测他有望连任，老伴手握八成胜算，有底气挑战。"老头头"心虚，哪敢应战对赌，心里咒着老伴闲得无聊，没有心情去想这不着调的事情。

编辑的回复拯救了"老头头"："图书审校已通过。"

编辑的回复，让压抑了几个月，又被老伴讥讽得不成人样，连对赌都不敢的"老头头"，一下子云开雾散、扬眉吐气起来。这时，沉稳的"老头头"压制着情绪，喜怒不形于色，不让老伴察觉自己与平时有任何一点不同。他要在最合适的时候，把压抑了很久的那口恶气狠狠发泄出来，把自己的颜面从老伴那里堂堂正正地全给挣回来。

后面的流程出奇地快，没过几天，出版社发来了书稿终版和封面设计稿样电子版。

"十八位家长，十八种世相。"

"话异国冷暖，道人间沧桑。"

"为孩子操劳了大半生，还将继续为爱漂泊？"

"心之所在，便是故乡。"

"已在国外的留学生家长会找到共鸣，准备去国外的留学生家长可以借鉴参考，打算移民国外的留学生家长能够获得启发。"

句句如重锤一般叩击心魄，极具感染力。"老头头"被具有强烈冲击力的话语震撼到了，书还没到手，已先动容。不得不佩服编辑的概括提炼能力。

半个月后，他接到快递电话，这是盼望已久的电话。"老头头"沉住气，一点不飘，取到书后也没有急于回家，而是坐在纸箱上，点了支烟。他把出版的这本书比喻为"文字第一桶金"。这个比喻是从当年下海经商掏到"第一桶金"联想到的。

那年，"老头头"在广州、深圳、珠海销售公司产品，卖出了一万多套，公司年终奖励了人民币两万元。这在当时是一笔巨款，要知道那时普通人一个月工资还不到一百元呢。他清楚地记得，自己用这笔钱配齐了家里的全部家电，而且都是进口货，这让"老头头"风光了相当一段时间。

等费力把几大箱书搬到房门口时，老伴打开门鼓着掌，迎了上来。

"老头头"说："你还真把我当成作家了？"

老伴说："你还真莫不把自己不当作家，从今天起，你就是作家，只不过是非著名作家。"

"老头头"开始数落老伴："你说过出书的三种可能，还记得吗？请问现在是哪种？"

"啧啧，没被骗呀，开始摆谱了。真把自己当作家？"

"摆谱，有什么谱好摆。不过，倒是有一条你猜对了，那就是拜登当上了总统。"

互相讥讽里，他第一次感受到，老伴叫起"老头头"来，是那么柔情，那么甘甜。一种长情相守酿出的蜜汁，经过漫长时间的沉淀，开始一点点渗出，缓慢、纯净、沁人心脾地扩散开来。

书房传出《献给爱丽丝》的优美旋律。"老头头"无数次聆听，但这次最入心、最动情。这本书从写作到出版，一直有这琴声陪伴。终于，在这悠扬琴声中，诞生了不把自己当作家的非著名作家。

这一刻，"老头头"想起和发小在华盛顿国家大教堂顶层远眺拜登住的别墅时的情景。当时没有谁预测得到拜登能够胜出，发小也只随便对着远处拜登别墅这么一指，不过是当作网红景点隔空打卡而已。

现在想来，这或许是个先兆。虽然无法预言美国总统归属，却它从另一个角度，预言了这本书一定会出版。

在把电子版的书变成纸质书的同时，静观先生和张博士写的"序"，也成为黑纸白字。这让"老头头"感到心安，这样才对得住他们的付出。

编辑和读者

"老头头"的笔记本电脑旁始终放着《旅美小记》这本小册子。他从受到小册子启发起步，到完成书稿电子版，到正式出版，小册子犹如教科书般从头到尾没有离开他。

书出版了，"老头头"心里还一直想着出版社的陈编辑，没有他，书不可能出版。在与这书的责任编辑大半年的隔空神交中，他对这个与张博士同样拥有北大文学博士学位、自诩"佛系"性格的江南小伙子，留下了极为深刻的印象。

文学博士且出自名门，在人们印象中有着固定模式，绅士、儒雅、严谨、不苟言笑。陈编辑全不是，非要扯上一个对号入座的话，也只有"严谨"两字。而且这个严谨仅仅是指工作上的严谨，不包括日常。

新书出版发行后，"豆瓣""当当书城""天猫""京东"等平台铺天盖地宣传，线上线下好不热闹，为"老头头"所始料不及，不得不佩服出版社超强的营销推广力度。

这之后，他收到不少读者朋友的微信联系，大多数不痛不痒地赞许两句，抬桩给个面子，"老头头"都会一一礼貌地回上几句。但有几个读者说自己读泪奔了，这是他没有想到的。如果是书里原型倒可以理解，好几个不是留学生家长的，居然也跟着泪奔，让"老头头"实感欣慰。

当然也有批评的，一个从未谋面的读者的一封来信，引发了他的很多思考。这个读者是好朋友的弟弟，叫小来，也六十了，小时候因患小儿麻痹症，导致腿疾。

他很早就听好朋友说起过小来的事。小来这个人非常励志，在社区负责宣传工作，是社区的"一支笔"。社区所有文件、报告、总结都出自他的手。不仅本职工作出色，而且他多才多艺，书法、绘画、架子鼓，样样在行。他在业余时间还进行文学创作，写了不少小说，据说还有个长篇，但都没有发表。

小来的点评是这样写的，原文照录。

李哥：你好。不吝赠书，非常感谢。如此抬爱，很是受宠若惊。

大作在手便不释卷，我虽非留学生家长，不必借此书做"手册"，但作为文学爱好者拾级的阶梯，此书真正是"必备"的。虽是受益匪浅，但却不是写这封信的目的，李哥在书的扉页上写的"雅正"二字，像极了一件奢侈品，明明让我消费不起，却又流连忘返不甘离去。于是，斗胆写下了下面的字。

我感觉，每篇开头的"如是说"比较好看，既表现了李哥驾驭文字的能力，又彰显了浓浓的文学性，还捎带着增加了可读性的一点俏皮。而正文，我就想吐槽一下了。我认为，讲故事和写故事还是有着泾渭之别的。这么说吧，每篇正文的叙述不够文学性，但又不是纯粹的口语化，虽说故事的描述不提倡烦冗，但并不影响在细节上加强润饰，并不影响在起承转合上做到细腻无缝。从简介中知道李哥大多数时间是从事管理工作的，这就好解释了，每篇开篇的"如是说"提纲挈领，游刃有余，而进入故事则略显拘谨和一地鸡毛。由此放胆一测，李哥似乎是一个会讲故事的人，但又是一个不太善于用笔讲故事的人。

好了，够放肆了，就此打住。咱这一段文字与"雅正"一毛钱关系也没有，纯粹是为了刷存在感而已，既武断且偏颇，还无趣，不可当真，见谅见谅。

这是"老头头"所读到的，最长也是说得最透的点评文字，看得出来，小来有相当的文字基础，在俏皮语言背后，把意思表达得清清楚楚，看来社区"一支笔"的美誉不是徒有虚名。他本想回复一下，但转念一想，还是上门拜访比较好，当面表示诚挚的谢意是对小来的尊重。另外，他还有一个大大的疑惑也驱使他想见下小来：一个从未谋面的读者，本身也是个爱好写文章的人，怎么会如此直率、不绕弯子、不加掩饰地放出这么"狠"的话来呢？他内心究竟在想什么？

面对小来的点评文字，从心理上来说，"老头头"已经不惧怕他的批评了，任何刺耳的声音他都听得进去。道理很简单，有一本书垫底，便可以坦然面对周围的人。喜欢的，不喜欢的，他都用不着再把自己包裹起来。

到小来家时，小来正伏案写着什么，写字桌旁靠着两根拐杖，很显眼。见"老头头"进来，他微微扭动了一下身子。"老头头"跨一步，将他一把按住。

"哥，搬把椅子给李哥坐。"

"写什么呢？""老头头"俯下身子问。

"没写什么，李哥。"

"听你哥说，你正在创作长篇？"

"闹着玩呢，见笑见笑，要向你学习，李哥。"

"你哥经常提起你，可以叫'励志小来'。"

"过奖过奖。李哥，该不是兴师问罪来的吧？抱歉我的放肆，武断且偏颇，多有得罪，见谅见谅。"小来把点评的句子照搬过来。

"哪能，感谢还来不及呢。"

小来一口一个"李哥""李哥"地叫着，谦卑而礼貌，和那个文字犀利、直率、无遮无拦的小来形成强烈反差。"老头头"来时想好的说辞，被这种反差给搅乱了，也就不再想和小来讨论自己的作品，同时也撇开了小来长篇小说创作的话题。

电脑旁放着《跨洋陪读必备手册》，边角已经起卷。台灯的光亮正好直射着，塑封有些反光晃眼。"老头头"下意识地瞟了一眼书，转又去瞟小来。不知小来有意还是无意，顺手拖过书来，用另一只手反复按压封面，然后拿起书捂住胸口，低下了头。

小来的这个举动来得太突然，没有任何设计和先兆，把"老头头"搞得不知所措。他忽地一下，站起身来，盯着小来，近距离审视这个已经年过花甲、身患腿疾、陌生而又"熟悉"的人。

在从未发表任何作品的情况下，几十年来不停下手中的笔，他是靠什么力量来支撑坚持的？更深刻的一个问题是：一个生下来就有着严重腿疾的人是如何生存、如何被尊重的？

在小来的生活经历中，所遭遇的不公、白眼，以及被排挤的情况一定很多，因而他对这个社会的认识、看法、思考就会和一般人不一样。就拿出书这件事来说，在不考虑经济条件的前提下，假设同处一个写作水平（实际是不可能的），一般人出不了书，可能会从自身水平找原因；而身体有疾的人，往往会抱怨不公，而忽视了自身能力。久而久之，坚强的意志会被苦难和歧视一点点蚕食，日渐堆积起来的自卑，则会把心气摧毁殆尽。

"长篇小说写的什么，自传？"

"算是吧。算起来有上百万字书稿投到了杂志社，无一回音。最后写个自传，再冲一次。我看不起靠苦难博得同情、靠残疾换来怜悯，但这是唯一可行的了，没有选择了。"

生活际遇教会了小来什么？他领悟到了什么？说起写书、出书这件事，他何以总是这么尖刻、极端、排斥，甚至痛苦？

"老头头"想帮助小来。小来如果有出自传体长篇小说的意愿的话，他可以无偿资助。但这个意思该怎么表述呢？如果表达不到位的话，会伤害到小来要强的自尊。

对"励志"的帮助，一旦被理解成施舍，就会毁了志气，傲骨是很脆弱的。小来正处在断然拒绝与心安接受的矛盾选择之中。

直截了当吧，"老头头"不想绕弯子："小来，当哥的想帮你出版这本长篇，费用我来承担。"

小来向前倾了下身子，像是要站起来，又被"老头头"一把按住。小来仰起头看了一眼，"老头头"从小来眼里读到的是信任，是渴望，不是拒绝，没有丝毫不屑。

"不过，我有个条件。书一定要由知名出版社出版，而不是社会上随便一家公司代理。钱是一方面，重要的是要体现你的能力和水平。""老头头"补充了一句。

离开小来，"老头头"放了两千元在桌上。他不想让小来起身，就转身快速离去，还没走到房门，就听到身后传来"咚咚"的杵拐声。

"老头头"真心希望能够看到小来的自传体长篇小说出版，这也许是他一生的精神追求。他宁可相信小来的才华没有问题，而是因为家里的经济条件才把现实与梦想阻隔开来。他希望小来不要被生活打倒，也不要自己把自己打倒。虽然出书不是证明小来存在的唯一途径，但如果能够实现这个梦想，对于小来来说，无疑是个救赎，是心灵最好的抚慰，也许就是他追求了一辈子的"唯一"。这么说来，这也算是"老头头"出书之外的意外收获，既帮了小来，也帮了自己。

又到了一年夏天。"老头头"这次约了齐哥一起去利川宜影古镇避暑。齐哥的女儿齐妍刚好通过了博士论文答辩，辛苦了好一阵子，她想休息一段时间，便向单位申请了年休假，和大人们一起去利川。

去年齐妍就在宜影古镇准备她的博士论文。"老头头"知道齐妍的博士论文写的是"中国公派留学生留学史",正好与自己的书互有借鉴的地方。而齐妍也知道"老头头"写了关于留学生家长的书,这样就有了共同话题。

当时傍晚散步的时候,"老头头"说起自己的书,齐妍则谈了她的博士论文,相互交流,相互借鉴,充实完善各自的作品。那个时候齐妍就预订了"老头头"的签名书。拿到书后,他第一时间就送了一本给齐妍。

这次去利川的前夜,看到齐妍在朋友圈里发的九宫格,还配有一大段文字,是这样写的:

从有出书的想法,到正式出版上架。一步一步充满了各种挑战、困难和变数。

盛夏的一天,无意和李叔叔聊到他要出版的书,因为写博士论文的需要,留学史和留学生的书籍我看过不少,但从留学生家长视角出发的作品还真不多。也正因为如此,我和李叔叔有了很多交流。每次谈到这本书的细节,或者写作处理方式,他的话匣子就被打开了。

暑假陪老爸去利川玩的一段时间里,李叔叔每天都在惦记他的书。有一天,他喊我去买椅子,我们去挑了一把木头靠背椅子,拿回家,他摆在窗户旁,下面再配一把小凳子。他兴奋地对我说:"你看,这就是我的临时电脑桌,这样我就可以更好地修改文章了。"我坐着感受了一会,不行,腰疼,有点像蹲着在写作。想着六十多岁的他,蹲在一个小小的木凳子上,每天一个字一个字忘我地敲打着,除了真心热爱写作，没有别的力量可以支撑他走这么久。

　　每次和他聊到书，聊到写作，聊到书里的人，他都满眼放光，滔滔不绝。这让我想到那句话，青春不是年华，而是心境。青春是生命的源泉在不息地涌流。他对写作的热爱和忘我的付出深深地感染了我，也让我坚信，只有真正的热爱，才能让人不惧困难，勇往直前。这本书的出现，源自热爱和坚信的力量。

　　说祝此书大卖太俗气，我只想说，摸到这本书，读到这本书，太好了。

一看就是年轻人的语言风格，读起来，让人感受得到字节在律动，满满的青春气息肆意挥洒。全文没有一句提到新书本身，都在写创作时的情景，"老头头"一下子觉得自己年轻起来，浑身都是力量，满眼春光灿烂。

　　其实"老头头"并没有停下笔，他还计划着第二本、第三本书能够出版。他想，到时候如果小来的自传体长篇也能够出版，那就再好不过了。

　　该结束了，合上笔记本，文章里的人物，一个个在脑海里闪现。老伴、张博士、静观、发小、齐哥、小来、齐妍，最后定格在了出版社小陈编辑身上。

一时间，李粤生在原"星耀班"声名鹊起。能够出书的人并不多，对"星耀班"来说，他也算是辉煌过后还可以微弱发光的那一颗。李粤生并不觉得有什么可炫耀的，他最后得出了结论：写书不是一个人的战斗。就这本书而言，"星耀班"同学有写序的，有提供素材的，有提出修改意见的，出版后还有帮忙四处推销的，所以说，这是一群人的战斗，是集体智慧的结晶。这一点像极了"星耀班"当年团结、合作、齐心的班风，这个优良传统没有丢，一直延续到现在。

"头儿"篇插图

以前我高高在上，现在我驮着你。

"陌生的灵魂"篇插图

奋力跃出水面，发现还不如待在水里。

"一起下水"篇插图

斯古吉尔河河水静静流淌。

"徐家老宅" 篇插图

活蹦乱跳的兔子，好过趴着不动的乌龟。

"背负"篇插图

生活中有些事一个人是扛不住的。

把不同于别人的地方展现出来，就是最漂亮的你。

"租房"篇插图

独栖枝头的鸟儿，鸣叫声特别好辨识。

"老头头出书记"篇插图

生活是多彩的，边界很模糊。